平湖暗流

PING HU AN LIU

王鸣隆 著

中国法制出版社
CHINA LEGAL PUBLISHING HOUSE

序

这篇序，是我调离梁平前写的最后一篇文章。

梁平十年，我爱上了这里的山山水水，爱上了这里的人，也爱上了这里的日日夜夜。

2011 年底，我异地交流到梁平担任检察长。十年时光，我不仅见证了一座新城的拔地而起，见证了老百姓的一步步富裕安康，见证了梁平行政由县升区，更见证了一个时代的社会进步、法治昌明。

我欣慰，这里也有自己的一份绵薄之力。

我曾经告诉过朋友们，在异地交流的这十多年时光，让我深感使命光荣、责任重大，也倍觉生命可贵、人生美好。本想以《交流干部》为题，写一部长篇，让沉淀于心的那些人，那些事鲜活起来。但由于琐务缠身，终未如愿。或许这会成为我的下一个创作目标。

这本册子收录的几篇小说是我在梁平工作期间忙里

偷闲挤时间创作的作品，有对时弊的针砭，有对人性的反思，有对这片土地的热爱，有对法治的探索和思考，更多的是对美好生活的向往。

《平湖暗流》的付梓出版，对我来说是自己梁平工作十年最好的纪念，也算是对一直以来支持、关心我的朋友们的一个躬身礼。

2021 年 4 月 12 日于重庆

目录

平湖暗流

PINGHUANLIU

引　子

SX省滨州市，2013年元旦清晨，雾霭弥漫的太白岩比平日更多几分柔美与缥缈。

太白岩下的夕阳红公园内，晨练的人们和往常一样，悠闲地“忙碌”着，或小跑，或做操，或舞剑……这天，一切似乎与平常无异。

突然，几声“咔嚓”“咔嚓”的树枝折断声伴随着重物落地的沉闷声打破了清晨的宁静。

“有人跳岩了！”随即有人惊呼。

晨练的人们纷纷向声响处跑去。

岩下的一片红枫林中，一个西装革履的中年男子躺在枯草之上，外套已经散开，汩汩渗出的鲜血将白色的衬衣和身边的草丛染得猩红。

“快来人啊，快打120！”

先到现场的人们，有的打电话叫救护车，有人报警，忙成一团。

“天啦，这人是谁啊？”

“啊，好像是李副市长！”

有晨练者认出躺在地上的是滨州市副市长李荣武。

李荣武跳岩了！

一

三个月前，在滨州市中级人民法院刑事审判庭。审判长敲响法槌，宣告被告人李荣武受贿罪不成立，当庭予以释放。

肖远林的脑袋“嗡”了一下，尽管判决结果也曾在他的预想之中，但这在他的检察生涯里，尤其是他作为主诉检察官以来是从未有过的事儿。

肖远林带着祝阳和陈雁疾步走出审判大厅，脸色铁青。

他的心中不由自主地翻涌出丝丝苦涩，甚至是沮丧。他大步地走，似乎要逃离开身后的什么，祝阳紧随其后，陈雁捧着案卷三步并作两步勉强跟上他们的脚步。

刚到大厅门前，守候已久的一群记者就迎了上来：

“请问你对判决结果有何感想？”

“李荣武真的是无辜的吗？”

“检察院在办案的时候确实存在违法行为吗？”

一连串的问题像机关枪一样向肖远林他们倾泻而来。

肖远林顾不上回答，只是礼节性地朝记者们点点头，径直来到停在路边的警车旁，打开车门钻了进去。

记者还不死心，又紧跟到车前。趁祝阳和陈雁开门上车的机会，滨州电视台“法治在线”记者谢小艺迅速把话筒递到了肖远林面前：

“肖处长，请问对于这个判决结果检察院会抗诉吗？”

肖远林望了望这张十分熟悉又漂亮的面孔，略一沉吟，轻声说道：

“暂时无可奉告。”

二

滨州的夜晚分外美丽，湖光山影交相辉映，与三峡工程修建前相比，之前的滨州犹如一个纤瘦娇弱的少女，现在已然出落成了一位美艳动人的少妇。

林立的高楼，参差错落于敞阔的长江两岸，三座风格迥异的长江大桥横跨南北，彩带般的滨江路沿长江两岸蜿蜒。

造型现代的体育馆如斜冲俯地又腾空而起的飞碟，与挺立于江边的古老钟楼对应成景。

夜色中，各种建筑物上橙黄、银白的节日灯饰恰到好处地勾勒出滨州这座江城繁华现代又不失典雅的都市轮廓。

国庆前夕的滨州，一座不眠的江城。

今晚，与这座江城一起不眠的，还有肖远林和他的战友们。

坐落于北滨路移民广场旁的滨州市人民检察院，九楼的检察委员会会议室灯火通明。时间已近子夜，但会议才刚刚开始。

从省城赶回滨州的检察长王海川亲自主持会议，除了检察委员会委员，承办李荣武受贿案件的祝阳、陈雁，反贪局侦查人员也应邀列席。

“同志们，”王海川神情凝重地扫视了一眼大家说：

“明天就是国庆节，今天这么晚把大家找来，想必你们也能猜出几分缘由。我刚在省院开完全省案件质量分析会，我们滨州李荣武案成了最热门的话题。对此，不知道大家有些什么感想？远林，还是你先说说吧。”

今天这个会，肖远林本来是做了充分准备的，但王海川开场即点他的将，对他来说还是稍感意外。他望了一眼王海川，清清嗓子开口说道：

“大家都知道，今天上午我们起诉的李荣武受贿案被法院判定无罪，这是新刑诉法修改试行以来我院起诉的第一起反贪自侦案件，对于这个结果，我有不可推卸的责任！首先，我们对刑诉法修改后的严峻的庭审形势估计不足，尤其是对‘非法证据排除规则’给侦查和公诉工作会带来的冲击认识不充分；其次，在审查起诉过程中，我们还局限在传统司法对嫌疑人口供的依赖上，相信嫌疑人的认罪悔罪态度，在客观证据的搜集和固定方面下的功夫不够。当嫌疑人突然翻供，提出将原来的供述作为非法证据予以排除时，我们不能提出强有力的反驳，致使嫌疑人钻了漏洞。对于这个案件，我们还将进行全面细致的反思，形成专题材料报告检委会。”

“反贪局呢？”王海川把眼光投向一直低头沉思的反贪局长罗永健身上。

罗永健抬起头，习惯地向后捋了捋自己毛刷般的寸头，向肖远林问道：

“肖处长，法院以非法证据排除李荣武受贿口供的理由是什么？”

“法院采信了李荣武及辩护人所谓受到我方办案人员虐待和威胁作出不实口供的辩解。”

“虐待和威胁？这，这从何说起？”

“法庭上，辩护人出示了李荣武进看守所时腿部和胸部有瘀伤的照片，指称被刑讯逼供；还有一份李荣武被刑事拘留当天送看守所前与女儿的通话记录，指称女儿告诉他如果不配合检察机关交代清楚问题，她将不能离境，失去出国留学的机会。”

“狡猾的罪犯！”罗永健在心底恨恨地骂了一句，他清楚地记得，李荣武腿部、胸部受伤，是上卫生间不小心摔的，进看守所时他也没对自己摔伤提出异议。被刑事拘留后，李荣武提出要和女儿通电话，告诉女儿联系替奶奶买药的事情，本着人性化办案的原则，罗永健同意在办案人员的监督下让他们简单通了一个电话，没想到居然被李荣武暗暗地埋下了楔子。

“李荣武这个案件，就基本事实来讲，是没有问题的。有嫌疑人的交代，有行贿人的供述，还有李荣武为行贿人谋利的书证，证据之间环环相扣，形成锁链。”罗永健理直气壮地说：

“这次的问题在于，大家对刑诉法修改后证据标准的把握大相径庭，这个案件如果放在以前，认定犯罪判决有罪是毫无问题的！现在我们一些司法人员，总在细枝末节上大做文章，忽视犯罪事实的客观存在，总是站在罪犯的立场，连自己的内心确认都可以不顾，好像越为嫌疑人说话就越时髦，就越顺应时代的潮流。这样下去，我们侦查机关如何打击犯罪？如何扫除腐败？如何维护一方稳定和平安？”

“难道我们的侦查工作就没有值得总结的地方吗？”王海川用严厉的眼神望着情绪激动的罗永健，顿了一下，加重语气道：

“失败不可怕，可怕的是我们找不到失败的原因，困难也不是问题，问题是遇到困难就迷失方向，丧失战胜困难的勇气！”

会议一直持续到凌晨两点，各分管检察长和各位检委会委员也都结合案件和各自工作职责进行了认真的反思，对这个案件可能带来的负面影响也作出了综合判断。

最后，王海川语重心长地对大家说：

“同志们，李荣武案件带来的影响将是深远的，这不仅仅因为他是权倾一方的副市长，在滨州具有重大影响，更重要的是，这是刑诉法修改试行后，我们办理的第一个高官受贿案件，而且还是省院指定管辖的高职级人员犯罪案件。省院当初把这个案件交给我们，就是因为滨州市院反贪局在全省素有突审能力强、办案效果好的优点。这次李荣武案被判无罪，在我市乃至全省的震动是可想而知的。大家不要只局限一个部门、一个方面来认识问题，我们检察机关是国家的法律监督机关，应该率先顺应历史的潮流，切实转变执法观念，处理好打击犯罪与保障人权的关系。做到实体和程序并重，尤其是在案件办理上要注重细节，一丝不苟，才能实现‘不枉不纵’的司法价值追求，只有这样，法律的尊严才能得到真正的维护！”

王海川抬腕看了看表：

“今天的会就开到这里，祝大家节日快乐！”

委员们陆续走出会议室，王海川看了看正在整理公文包的罗永健，对他说道：

“永健，跟我来办公室一下。”

三

节日的滨州，处处洋溢着欢乐祥和的气氛。作为库区核心城市，除了这里及周边原有的山川人文资源，三峡工程蓄水后，高峡平湖的壮阔与优美，也成为国内外游客的上佳之选。国庆小长假，车来车往，游人如织。

王海川没有休假，相反，他很早就来到了办公室。

昨天，他让公诉和反贪部门分别准备好李荣武案件的相关材料，他要亲自进行审查。这个案件，源自省路桥公司滨州项目部副总经理乔南山的举报。

举报材料是省院反贪局转来的，乔南山在信中举报滨州市副市长李荣武在指挥长江四桥修建过程中，曾收受省路桥公司挂靠企业宏达建司的“顾问费”50 万元，作为工程项目的挂名负责人，乔南山通过自己的渠道探知到了事情的内幕。

李荣武是滨州为数不多的专家型市级领导，具有很强的工作能力和良好的口碑。这些年滨州面貌日新月异的变化，与他这个分管城市规划和建设的副市长有着密不可分的关系。

省院转办这个案件后，王海川非常重视，还与罗永健一起亲自接待过乔南山，对他举报情况的真实性和客观性进行过审查判断，并向市院进行过专题汇报。

“叮叮叮”，办公室的电话忽然响了起来。

这个时候谁会来电话呢？

王海川提起电话，听筒里传来罗永健急促的声音：

“王检，出事了！举报人自杀了！”

“什么？你说什么？谁自杀了？”

其实，王海川完完全全听清楚了罗永健电话的内容，但他还是有些不愿意相信自己的耳朵。自己刚刚还想到这个人，正打算从头厘清整个案件的头绪呢，怎么会有这么巧，这么离奇的事？

“举报人乔南山自杀了！”

听筒那边罗永健情急火燎地说：

“是煤气中毒，我现在正赶往他家，刑警队的同志已到现场进行勘查，有新的情况我再向您报告。”

“永健，一定要弄仔细，看看有没有留下什么线索？清楚了直接来我办公室！”

放下电话，王海川从心底涌出一股复杂的滋味，他走到窗前推开窗户，深深地吸了一口气，喃喃自语道：这究竟是怎么会事？难道真的是山雨欲来？

四

林家巷十四号坐落在新老城结合部的望江小区。三峡工程前，这里是滨州相对繁华的地段。库区蓄水以后，由于商业重心的转移，这里渐渐变成了城市的死角，人气也较往日疏淡了许多。乔南山就住在林家巷十四号这栋砖混结构建筑的402房间。

罗永健接到刑警队付永强大队长电话赶到这里的时候，还可以闻到煤气刺鼻的味道。

这是一套中等户型的出租屋，面积不算很大，还算整洁。由于两年前妻子病逝，孩子又在外地读书，所以平时一直是乔南山独居。

房间的客厅里，刑警队俩小伙子正在向首先发现情况后报案的房东询问经过。

紧邻着客厅的卧室里，乔南山穿着睡衣平静地躺在床上，床头有一个打开盖子的药瓶，几名法医和技术人员正在房间里进行细致的勘查。

"初步判定是自杀，"比罗永健先到一会的付永强俯在他耳边说：

"吃了一瓶安眠药，又打开了煤气，诚心求死呢！对了，你看看这个，"付大队用镊子从物证夹内取出一张折叠整齐的打印纸递到罗永健眼前：

"这是他留下的遗书。"

罗永健接过付大队手中的镊子，小心翼翼地打开"遗书"，这是一张A4的打印纸，上面有八个手书字：

"无颜面对，一死了之。"

罗永健端详半晌，脑海里不断浮现出举报信中的字迹。像，确实很像！

“我们还要做进一步的勘查和鉴定”，付永强拍了拍罗永健的手臂接着说：

“我们还要通知他的家人，然后做进一步的尸体检验，等最后结果出来，我们第一时间通知你！”

五

从现场回来，已经是晌午时分。因为放假，大楼保安关闭了电梯，罗永健几乎是一溜小跑着爬上了九楼。

走进王海川办公室的时候，身材微胖的他已感觉自己浑身发热，一进门，就一屁股坐在沙发上。

“怎么样？”王海川递过一瓶矿泉水问。

“从现场来看，像是自杀”，拧开瓶盖，罗永健喝了一大口水接着说：

“床头上有个空安眠药瓶，屋里开着煤气，而且，门窗都没有撬动过的痕迹，遗书也像他的字迹。但是……”

“但是什么？”王海川忍不住问。

“但是我觉得，他既然是想好了后自杀，为什么只写下这八个字的遗书呢？还有……”罗永健说着，又咕噜噜地喝下半瓶水。

“还有什么？不要吞吞吐吐的！”

“还有，他为什么穿着睡衣自杀？”

“嗯，我也在想：只是因为李荣武被判无罪，乔南山就会自杀？”王海川若有所思地说道：

“如果说有人要杀人灭口，那为什么又会选择李荣武被宣判无罪之后？”

一连串的问题，让王海川和罗永健陷入了沉思之中。过了会，王海川用十分严肃的语气对罗永健说：

“永健，保持与公安机关的密切联系，随时关注动态，一刻也不要放松！”

望着罗永健因为跑动而泛红的脸颊，王海川忍不住有些恻隐。他收拾起手包，对罗永健说：

“该吃午饭了，今天你嫂子也不在，走，和我一起去楼下，街左边新开了家‘张鸭子’，据说味道不错，我请客！”

六

接到罗永健打来的电话，肖远林的神经一直处在高度紧张的状态。如果说昨天李荣武案件被宣判无罪像是被人在胸口重重地击上一拳的话，那举报人的死，则像是被人在脸上抽了一记耳光。

真是一石激起千层浪啊！他下意识地走到电脑桌前，打开电脑。腾讯新闻立即跳出一则消息：

滨州市副市长被法院判决无罪。

哎，估计用不了几小时，又会有另一则消息出现在网上：

李荣武受贿案举报人乔南山自杀！

打开QQ，右下角有两个图标不停地闪动，看看时间，应该都是昨天的留言。

一个是他爱人林娟的，她在国外进修学习，因为时差，他们基本保持着每两天联系一次，大多是些生活上的问候与叮嘱，偶尔谈谈学习和工作。对话框里，林娟发过一杯咖啡和一个笑脸，最后是一个疑惑的问号。

平时，只要没有特殊的情况，都是肖远林首先发给林娟一束鲜花和一个拥抱，而昨天因为开会，他没有上网，所以林娟最后的消息是一个问号。

“还好，”肖远林嘴角浮出一丝淡笑：她没有像以前一样顽皮地问句：“你不会是被‘艳遇’了吧？”

另一个闪动的，是一个叫“过眼云烟”的女子，他们成为好友不到半年时间。因为肖远林在新浪开启了一个“正义梦想”的博客，经常在里面发表一些法律时评和案例分析，因而拥有众多的粉丝。但对于添加好友，肖远林十分慎重，除了生活中的朋友同事，就是网络中的法律同道精英。对于不清楚底细的其他网友，尤其是女士，他奉行的是严格准入原则。

这个“过眼云烟”三次被拒，但仍然执着地要求添加，最后她的理由“我们怀有同一个梦想”打动了肖远林。

成为好友以来，这是他们的第三次交流。前两次都是她主动谈一些对他发表的法律时评的看法，而她的许多观点都会让他感到惊异。和主流观点有所不同，但又言之有理，观点鲜明、论证充分，反映出良好的文化素养和严密的逻辑思维能力，难怪她用的头像是只俏皮的狐狸。

“在吗？梦想博士？”问话旁边，还有一杯冒着热气的咖啡表情。

网络真的很神奇，仅 QQ 表情的丰富，都让人们兴叹不已，至于那些千奇百怪的动漫图片，以及复杂多变的 3D 游戏就更让人不得不感慨人们的想象力和信息世界的神奇了。

“对于李荣武案件，你有何评价？”

肖远林有些吃惊，她怎么会知道李荣武案件？难道她在滨州？是自己熟悉的人？

仔细看看，肖远林才放松下来。原来这条消息与前面冒着热气的咖啡已相距十多个小时了，消息来源应该是腾讯新闻。

“那你是怎么看的?”，没来得及回复林娟，不知不觉，肖远林在“过眼云烟”的对话框中打了句话反问过去，然后起身为自己沏了杯绿茶。他急切地想知道人们对李荣武案件的反应，同时又有些排斥这样的信息，毕竟这个案件对他来说就像拿破仑的滑铁卢一样不堪回首。

“预料之中，情理之外!”没想到那只“狐狸”由灰变红又跳动了起来，似乎根本就未曾离线。

“呵呵，在啊？说说你的预料之中和情理之外!”

“为什么要我先说呢？我的问题你还没回答呢!”“过眼云烟”发来一个调皮的表情，然后又发了一张委屈的图片，她想用女孩子特有的优势在交流中占有先机。

“说！本席判定你先说!”肖远林装着不吃这套，态度强硬地发了个“酷毙”的表情过去。

“好吧，谁让你是专家博士呢，”“过眼云烟”最终妥协下来：

“我说的预料之中，就是刑诉法修改后，律师的提前介入，导致嫌疑人，尤其是行贿受贿的嫌疑人常常采用翻供试图逃避法律的制裁。而嫌疑人翻供的首选理由就是‘刑讯逼供’。因为证据相对单一，锁定困难，嫌疑人一旦翻供，申请‘非法证据’排除，那么整个案件的走向就完全在于审判法官的把握了，博士，你说是吗?”

“接着说。”

“由于网络和媒体大量曝光渲染近几年出现的冤假错案，使得决策高层不得不痛下决心狠刹错案出现的概率，许多审判人员甚至秉持着‘宁可错放一百，也不错判一人’的理念，在错与对的主观把握上会趋于保守，使得一些原本只是证据有些薄弱的案件归于错案。”

肖远林发过去一杯咖啡的图片：

“继续。”

“过眼云烟”似乎受到了鼓励，更加滔滔不绝起来：

“在现在这样的条件下，一个聪明的律师在代理行受贿案件的时候，对特别是对象有着比较特别身份的案件，无罪辩护是上佳之选，而辩护中最重要的策略是‘遭受到了刑讯逼供’，修改后的刑诉法将刑讯逼供的举证责任更多地赋予了控方，因而，在这场规则修改后的博弈中，控方只要稍有疏漏，败像即已成定局。”

尽管话说得有些绝对，但肖远林还是有些佩服对方思维的敏捷和对问题的独到见解，他又发了杯“咖啡”过去：

“再说说你的‘情理之外’。”

“这个情理之外嘛，恐怕对于广大老百姓，这样的结果是他们所不能接受和理解的，所以……”

“所以什么？”

“所以你们要认真考虑好如何应对。”

“我们？为什么要我们应对？”

“过眼云烟”再次发过一个调皮的图片：

“当然是你们，你的空间有许多滨州的风景图片，而且是那些非大众景观，我判定你是滨州人，而你的博客里的法律时评，更多地折射出国家公诉人的睿智与犀利，文如其人，角色主导思维，我说得没错吧？”

肖远林似乎可以透过屏幕，感受到她得意的神情。但他却无言以对，对方到底是谁？这不是他眼下急需解决的问题。是的，她说得很对，目前他们需要面对的，是如何应对舆论和社会的质疑，怎么才能在这场无罪判决中从被动中走出来！

他打开林娟的对话框，给老婆送去一个拥抱，然后留言：

“老婆，我最近会很忙，你要保重身体！”

七

罗永健还没到家，就接到了付永强大队长的电话：

“罗局，你在哪儿呢？看来，乔南山不是死于自杀，很有可能是他杀！”

“你确定？”罗永健急切地问。

“具体的死因还需要进一步鉴定，但我们在他家楼下的花池里找到了一个饮料瓶，上面有三枚不同的指纹，瓶里面残留有麻醉剂的成分，也就是说，乔南山可能是在被麻醉后的情况下咽下安眠药，再被煤气中毒致死的。”

“尸体进行解剖了吗？一定要注意死者肠胃残留物质的分析，还有房间内的一切和周边环境恐怕都需要进行更加细致的勘查。”

“放心吧，我们已经加大了对房间和周边环境的勘查清理范围，不会放过任何的蛛丝马迹，尸体解剖已经开始进行了，有新的情况再和你联系。”

“对了，关于死者不是自杀的消息请务必暂时对外保密！”

罗永健立即将情况电话向王海川进行了汇报，王海川指示继续保持与公安机关的密切接触，同时让罗永健通知在家的侦查和刑检部门负责同志及分管领导晚上七点开会。

刚过六点半，开会的人基本都到齐了。除了王海川、罗永健、肖远林，还有分管刑检的余栋梁，分管侦查的安国兵，就差一位——侦监处长李雪莹了。

罗永健拿出手机正打算拨打李雪莹的电话，王海川冲他摆了摆手说：

“小李已经在来的路上了。”

不大一会工夫，李雪莹面色红润地赶到了会议室，看来她也是一溜小跑着上来的。刚刚坐下，王海川就宣布开会。

没有什么开场白，王海川对李雪莹说：“小李，说说你知道的情况。”

“好的，王检，各位领导，我刚从刑警队过来，乔南山的尸检报告已经出来了，他的胃里确实还有三氯苯丙乙醛七氯杂环，也就是俗称‘蒙汗药’的残留物，食道里也有部分没有融化的安眠药，可以证实乔南山是在失去知觉后被人灌下的安眠药，罪犯相当狡猾，房间里没有痕迹和指纹，仅仅是在楼下的瓶子上找到了三枚指纹，其中一枚是乔南山的，另外两枚，公安正在加紧进行比对。”

“同志们，乔南山被杀案的背后，很可能隐藏着职务犯罪案件的真相。”王海川简要地向大家介绍了乔南山案发的情况接着说：

“由于受害人乔南山身份特殊，我打算成立一个多部门参加的‘1001’专案督导组，提前介入引导公安侦查，也从中发现线索。大家看看由谁来担任这个组长比较合适?”

“我觉得李雪莹处长比较合适,”分管职务犯罪侦查的副检察长安国兵从兜里掏出一根烟放到鼻子前嗅了嗅说道:

“理由有两点,一是这个案件就眼前的情况看,属于公安管辖的重大刑事案件,侦监介入顺理成章;二是这个案件如果涉及职务犯罪的隐蔽交织,我们反贪部门则更不宜大张旗鼓,以免打草惊蛇。”

“我同意安检的意见,”余栋梁接过话头道:

“另外还有一点,无论反贪还是公诉暂时都不宜牵头,适宜密切注视分析观察,因而,李雪莹处长牵头是最合适的!”

“隐蔽侦查可以,”一直沉默不语的罗永健说道:

“但是,反贪局要随时跟进,不能出现断档和漏节,以免贻误战机!”

“好,就这么确定,小李牵头,反贪和公诉都选派一名得力的同志参与进来,各司其职,有任何的情况都要及时汇总报告!”

八

从法庭被释放出来,李荣武过得并不轻松。

昨天,当他的大舅子栾成杰神秘地向他报告乔南山死了，并作出一个抹脖子动作的时候，他不禁背脊一凉，脱口大骂了栾成杰一句：蠢货！

是的，他对乔南山恨之入骨！就是因为这个人和施工单位的权利之争，一封举报信让他从一个人人仰慕的人上人，一夜之间变成了饱受煎熬的阶下囚。恨归恨，但不能因小失大，引火烧身啊！

无疑，李荣武感到自己刚刚脱离苦海，又可能被卷入了另一个漩涡之中。

他不想问栾成杰具体的细节，他的内心一直排斥知道这个情况，但他又时时为这个事情可能带来的意外状况感到恐惧。

一夜辗转无眠，他一直在苦思冥想着摆脱困境的对策。

早上起床，隔壁房间，传来老婆栾成英细密的鼾声。他轻轻地来到洗漱间，用凉水浇了浇脸，随即拨通了张运畅律师的电话：

"运畅啊，早上你方便过来一下吗？"

"我也正打算找您，九点钟好吗？"

"好。"李荣武看了看表，还差五分钟才到八点，他不由轻叹了口气。来到客厅，坐在沙发上，望望四壁，他的目光落在了正对面的一幅手工刺绣"八骏图"上。这幅刺绣是前年搬家时一位老领导送的"乔迁之喜"，用料十分考究，手工也很精致。李荣武十分喜欢，亲自让人挂在了客厅最显眼的位置。但今天看着，却产生出一些莫名其妙的感觉。他的脑海里像过电影一样，闪现出这些年来的经历。

应该说，李荣武是靠自己的本事走到了今天。他出身在滨州辖县远郊的农村，父母都是农民。他六岁读书，经过两次跳级，十六岁就考上了本省最著名的大学，学的也是最热门的“城市规划”。

由于家庭条件困难，在学习期间，他得到了同学栾成英一家经济上鼎力的帮助。栾成英的父亲是他们乡供销社的主任，家庭条件相对宽裕。栾成英虽然算不上十分漂亮，但也眉目清秀。大学毕业后不久，他就和栾成英结了婚。

毕业后，踌躇满志的李荣武一心想要大干一番事业，实际上他的事业也确实是一帆风顺，不到三十岁即成为业务骨干，受到领导的赏识。三十六岁就当上了市规划局局长，四十一岁下派到城西区任区长，四十五岁就成为滨州这个地级市的副市长，主管城市规划建设工作。在滨州可以说他是一个手握大权，呼风唤雨的人物。

然而，天有不测风云，今年夏天，一封举报信就改变了他的命运，回想起来，真像是噩梦一场啊！

“近些年，由于自己放松了主观世界的改造，权力观、利益观发生了偏差，私欲膨胀，逐渐走上了违法犯罪的轨道。我对不起人民，也对不起培养我的组织和领导。”

自己忏悔书里的几句话像电影字幕一样，忽然跳进他的脑子，他不由自主地想起了那些受审查的日子，身体一紧，再次生出周身的寒意！

九

九点不到，张运畅夹着公文包来到了李荣武家，李荣武把他请进客厅，吩咐栾成英倒茶。

“李市长，这么着急地找我来，是为了乔南山自杀的事儿吗？”

“你怎么知道这事的？”李荣武诧异地问。

“网络上都传开了！大优网昨晚还头条播发呢，再说，我也有自己的渠道啊。”

“哦？那网络有些什么样的反应？”

“关于具体死因，公安机关还在调查当中，好像初步推断是自杀吧。”

“自杀？那他为什么要自杀？”李荣武流露出一丝焦躁，不安地追问。

“这点我也不是很清楚，但我想对于你的案子，既有利也有弊。”

“利？难道乔南山自杀还对我们有利吗？”

“是的，你这个案子虽然已经被宣判无罪，但检察机关还没明确表示抗不抗诉，乔南山死了，就证据来源上看，至少是让检察机关补充新的证据少了一个渠道，而且，如果是因为乔南山负疚自杀，从道义上对你也是一种支持。”

“那不利面有哪些呢？”其实，这才是李荣武最关心的问题。

“不利的一面，就是这个案件本来就已经十分受人关注，乔南山自杀，无疑在舆论上又起到了推波助澜的作用。”

“是，是！”李荣武情不自禁地站起身，踱了两步，然后端着茶壶走到张运畅跟前，低下头边添水边问：

“那你说说我们该怎么办？”

从李荣武微微的颤抖倒水的手上，张运畅敏锐地察觉到了些什么，他委婉地试探着问：

“关于乔南山的自杀，您有没有听到过些什么别的消息呢？”说的时候，他刻意将“别的”二字加重了一下。

李荣武也感觉到了自己瞬间的失态，他稳定了下自己的情绪，轻描淡写地说：

“暂时没有听到有什么特别的消息，”但望着张运畅探寻的目光，他又有些不确定地说道：

“其实，我是真不清楚，但愿只是乔南山一时想不开吧!”

对于李荣武来说，这倒确实是他此刻的心里话，如果可以选择失忆，他宁可忘记掉这段时间，哪怕只是回到法庭宣判完毕时都好。对张运畅他是相信的，甚至是很依赖的。自己这次身陷囹圄，如果不是他的鼎力相助，如果不是在他被拘留后会见时给他关键的提示，而后又与行贿方交流斡旋，恐怕他现在仍在铁窗内，甚至会在监狱里度过自己的下半生。

“那好吧，我们现在可以做的，就是静观其变!”

喝完茶，张运畅站起身，握住李荣武的手，再次颔首道：

“你放心，李市长，我会尽力的!”

送走张运畅回到客厅，李荣武再次凝望着客厅里的“八骏图”，若有所思。犹豫半晌，他拿起座机，拨出几个数字，但最后还是叹了口气，放下了电话。

十

从李荣武家出来，张运畅意识到这个案子的复杂性，有一丝担忧，也有一些兴奋。从接手这个案子以来，他一直把它当成一种挑战，一种跨越情感，完成职场成功蜕变的崭新超越。是的，他天生就是一个不服输的人！

张运畅毕业于中国政法大学刑法学系，与罗永健是同班同学。在学校时，他们俩是系里有名的运动健将，成绩也都一直交替着保持全系拔尖儿的水平。毕业后，他们一同分到了滨州市，罗永健进了检察院，他则被分到了司法局。

十多年来，张运畅凭借扎实的法学功底和出色的社交能力，逐渐在律师界赢得了声誉，五年前，他只身闯荡省城，通过成功地代理几起有影响的职务犯罪案件，奠定了自己在全省刑事辩护方面的尊崇地位。在业界，他有一个外号，就是“劳斯莱斯”，意思是只要有他出马，一般的案件当事人大多会得到从轻处理甚至免除处罚，就是“捞谁来谁”。

他十分崇尚那个曾经为辛普森成功脱罪的德肖维茨，他也希望有朝一日，自己能够成为“世纪审判”中“梦之队”那样光芒耀眼的法律明星。

李荣武案件就其职务和影响，是他以前尚未接触过的，这个案件办理得好，对于他未来的发展，特别是在滨州这个他的出生和成长之地，意义自然是十分重大。

他遇到了一个好的时机，这段时间他一直暗自庆幸。2012 年刑事诉讼法条文的修改，尤其是非法证据排除规则的出台，为他们提供了更大的辩护空间。因而，收到李荣武家人为其辩护的委托，他暗自高兴。对于他来说这既是挑战，更是机会。

第一回合下来，他赢了，李荣武一审被法院宣判无罪，这充分证明自己对形势的判断和依此制定的辩护策略是正确的。

虽然这之前他也经历过许多的胜利，他没想到这次胜得这么轻松，甚至前天法庭宣判李荣武无罪时他都还有些恍然如梦的感觉。

他现在要做的，不仅仅是保持住这种胜利，他需要用更多的事实和经历来证明自己的成功和与众不同！

离开李荣武家，张运畅正准备打车回办公室。忽然，一辆黑色奥迪 Q7 停在了他的跟前，栾成杰从副驾驶位上探出半个头来：

“张律师，去哪里？我送你吧。”

张运畅没有推辞，开门坐在了后排左边的位置上。过了一会儿，栾成杰侧过头问：

“听说乔南山自杀了，是真的吧？”

“自杀？你听谁说的？”

“不是自杀？那还有谁会杀他？”栾成杰扭了扭他那略显肥胖的脖子说：

“我倒是想杀他，可我没那个胆儿啊！”说完，他还望着张运畅“嘿嘿”地干笑了两声。

张运畅从骨子里不喜欢李荣武的这个大舅子，也听闻过一些他的事。每次见到他，脑海里就情不自禁地浮现出一个朋友常常骂人的一句话：“小人得志犹如癞狗长毛。”

但他又不可避免的要和这样的人打交道，交道归交道，在工作之外，他保持着和这种人的距离。

车子拐上滨江大道，张运畅拍了拍司机的肩膀：

“就在这里下吧，我还要办点事。”

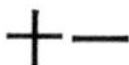

十一

节日第三天，王海川依然早早地来到了办公室。今天本不该他值班，但这些天的风风雨雨，让他总有一些心悬不落的感觉。

刚打扫完办公室，就隐隐听见楼下接待室传来了一阵喧闹之声。王海川打开窗户，只见大门旁控申接待室前的空地上坐着一位妇女，旁边还站着一个人，像是她的女儿。

接待室的同志正俯身边搀扶坐在地上的妇女，边劝解着说：

“大姐，有事起来好好说，地上凉，也不干净。”

“同志，你们可要给我们做主啊！”坐在地上的妇女自顾自地哭诉着：

“那个挨千刀的坏东西，糟蹋了我的女儿，关几天还被你们放了，叫我们一家人的脸往哪儿搁啊？女婿回来，我们如何对他交代呀！”

妇女越哭越伤心，索性挣脱了接待人员的手，在地上拍打了起来：“老天啊，你为什么就这样不公，专门欺负我们这些可怜的人啊！”

王海川正准备下楼，见值班副检察长余栋梁刚好走进大门扶住了那位妇女：

“大姐，有话进屋慢慢说，”并转头对接待人员：

“赶紧倒两杯热茶，让她们进屋说。”

王海川打开手机，给余栋梁发了个信息过去：

“完了来我这儿一下。”

约莫半小时，余栋梁来到王海川办公室。

原来这对母女是近郊城西乡的农民，母亲叫杨菊英，53 岁，女儿叫姚小玲，25 岁。两月前女儿被一个叫“宝娃”的人强奸，公安机关立案侦查后报送检察机关批准逮捕，因为证据原因未被批准。得知情况后，杨菊英深感冤屈，曾带着女儿到公安机关去申诉过几次，现在又来到了检察院，要求替她们伸冤做主。

“那个‘宝娃’是个什么人？”王海川忍不住问。

“是一个无业闲散人员，以前也是城西乡的，后来在夜总会当过保安，这次被取保后人也失踪了。”

“失踪了？那当时不批捕的主要原因是什么？”

“我打电话问过批捕的承办人，还是缺乏关键证据。受害人姚小玲从小就是个智障，案发时就两个当事人在场，她母亲是事后才发现的，当时她还保存了宝娃的贴身内裤，由于害怕女婿知道后会导致家庭破裂，迟滞了二十多天才报的案，嫌疑人在派出所时曾有强奸的供述，但被拘留后就翻供了。”

“那采集到物证了吗？”

“物证倒是有，就是受害人母亲收藏的内裤，但因为时间太长，从内裤中只检测出含有嫌疑人父系的 y 染色体，不能确定检测物究竟是汗液、唾液还是精液，受害人姚小玲又一问三不知，所以无法锁定嫌疑人。”

“还有些什么物证？比如，留下指纹脚印什么的没有？”

“那些倒是有，但是对锁定强奸事实意义并不大呀！”

“那可不可以换个思路，顺藤摸瓜，看看有没有其他悬疑案件与他有关啊？”王海川望着余栋梁像是自言自语地说：

“吃屎的狗，大多改不了本性！”

“好的，我马上安排批捕的同志，让他们关注案件的进展，必要时附条件批准逮捕！”

“好！我们一起下去见见这对母女吧。”

下去的时候，杨菊英虽然还在轻轻地抽泣，但没有了先前的激动情绪。很显然，接待人员的劝解缓解了她的情绪。

王海川走上前去，仔细端详站在母亲身边一声不吭的姚小玲。这是一个清纯漂亮的女孩，穿着虽然有些破烂，眼睛却很沉静。

王海川忽然间想到了自己的女儿，那个执着的对文史有着特别兴趣的傻孩子，她的眼中就常常会流露出这样的神情，那是一种涉世不深的纯净和安宁。

听接待人员介绍了王海川后，杨菊英的眼里忽然发出一丝希望的光亮：

“检察长啊，您一定要帮帮我们，帮帮我们这对苦命的母女！一定要让那个坏蛋遭到报应啊！”

望着这对母女，王海川禁不住心中一酸，紧紧地握住她的手：

“放心吧，大姐，我们一定将真正的罪犯绳之以法！”

送走这对母女，王海川的心情依然十分沉重，他知道老百姓心中所期待的公平正义和法律所能够实现的公平正义实际上往往存在着差距。

一方面法律要求司法机关尽最大努力打击犯罪，另一方面又要最大限度地维护各方当事人的合法权益。严格的程序设定和限制措施，使司法机关面临着双重的压力。

“我们今年还有多少的司法救助金?”王海川望着余栋梁问。

“上半年用去了一部分，大概还有不到三万元了。”

“打个报告给救助委员会，力争为这对母女解决一部分!”

十二

这两天，肖远林的内心也十分不平静。他把李荣武案件又从头到尾进行了多次认真细致的梳理。除了在会上总结出的教训，肖远林还想了许多问题。在法治转型的震荡期，司法各方究竟应该树立什么样的执法理念?怎样才能最大限度地保护广大人民群众的合法权益?怎样才能实现打击犯罪和保护人权的最佳效果，实现“勿枉勿纵”的司法追求?

作为具有十多年司法工作经历的一名法学博士，他觉得自己有责任进行深度的探索，根据近段时间的经历和感受，他写了篇题为《也说“宁纵勿枉”》的法治杂谈发表在了他的博客“正义梦想”之“凡人说梦”栏目里。

这个话题属于相对敏感的话题，肖远林正预想着杂谈发出后可能会带来的争议，这时手机响了。

“头儿，在干吗呢?”是祝阳的声音：

“今天天气不错，要不要和我们一起去山上走走?”

“你们? 都还有谁呀?”肖远林问。

“还有两位美女，你都认识，下楼来就知道了。”

走出小区大门，肖远林远远看见祝阳和杨雁在向他招手，在他们旁边，还停着一辆没有熄火的红色波罗车。

近前一看，波罗车驾驶座上果然坐着一位风姿卓约的紫衣女郎。

“不认识了? 处长大人!”紫衣女郎探出头微笑着打趣道。

“哦，这不是大名鼎鼎的美女主播谢小艺嘛!”肖远林也玩笑着回敬：

“是什么风把你连同这漂亮的波罗也卷到到这偏远小区来了?”

和谢小艺虽谈不上特别的交情，但肖远林和她还是比较熟悉的。不仅仅是因为谢小艺是滨州电视台的主持人，他们还一起合作过两期《法治在线》节目。作为特邀实务嘉宾，他和谢小艺配合得十分默契，节目反响也很好。电视台曾表示要把这个节目长期沿办下去，但因为肖远林案件任务繁重，所以档期一延再延。

车行途中，肖远林有些纳闷地问祝阳：

“对了，你们三个今天是怎么约到一起的呢?”

“不知道了吧?”祝阳故作神秘地说:

“小艺姐是我们检察院的亲戚呢!”

“亲戚?谁的亲戚?”肖远林把目光转向杨雁。杨雁调皮地微笑着说:

“报告处长,小艺是我的表姐!”随即又对肖远林眨眨眼说道:

“我表姐可是你的粉丝哦!”

“我的粉丝?我看我们都是她的粉丝吧!”

太白岩是滨州的一处名胜。

在整个城区,太白岩地势最高。站在山顶,可以尽收滨州佳境。宽阔的湖面,蜿蜒的道路,鳞次栉比的高楼,都微缩在眼前。

这里有大诗人李白的珍贵手迹:“大醉西岩一局棋”,传说李白曾在这里的山崖间和仙人对弈。历朝更迭,文人雅士慕名前往、探幽者络绎不绝,自然也就留下了不少的先贤足履。黄庭坚、刘禹锡都曾瞻仰过“西岩”,还在岩下“曲水流觞”,高歌豪饮。

太白岩上有个村子,名为“岩上村”。村子有百余户人家,大多掩映在绿树竹丛之中。前些年,一些有经济头脑的农户因地制宜,在这里打造出了十余个特色观景农家乐。每逢节假日,这里游人如织,成为一大休闲娱乐之地。

肖远林一行四人在一个叫"幽篁鼓琴"的店铺吃过午饭，坐在屋外的楠竹林中品起了免费的清茶。

"听说这里要建高档住宅区，以后恐怕就'农家休闲'不成咯！"不远处，一胖一瘦两人大声地聊着。

"高档？怎么个高档法？"

"听说开发商准备投资十多亿元，修建别墅群，规划方案都批了，只等征地拆迁了呢！"

"唉，现在的好地方，都被有钱人盯上了，这样下去，恐怕不是好事哦。"

"真有这事吗？"肖远林探寻地望着谢小艺。

"好像是呢，电视台半年前还有过相关的报道，"谢小艺接着转过话题问：

"肖处，听说你爱人去海外留学了，是吗？"

"呵呵，是外出进修，他们医院的对外交流项目。"肖远林有些不好意思地回答。

"别紧张，我可没有说你是裸官，"谢小艺调皮地咧了咧嘴，接着说：

"只要不违法犯罪，裸官也没什么不对呀。"

肖远林没有再接这个话题，他对谢小艺友好地笑了笑，转头问杨雁：

"小杨，说说你为什么没有像你表姐一样去当主持人啊？"

杨雁是今年才被招录到滨州检察院的硕士研究生，分到公诉处后，因为一直忙碌，肖远林极少和她谈及工作以外的问题。

“热爱检察工作呗，再说，我学的是法律，干法律工作天经地义呀！”杨雁一脸天真的表情，可爱地晃了晃头，睁圆了漂亮的大眼睛说。

“像你表姐一样，当节目主持人多风光啊！”祝阳也不甘寂寞地插话进来，然后望望杨雁又望望谢小艺。

“我风光什么呀，从事法律工作多好，庄严神圣，正气凛然呢！”谢小艺站起身，抬眼望着头顶上高大挺拔的楠竹，星星点点的阳光透过婆娑的竹影投射在她那白皙的脸上，美得有些炫目。

“肖处长，最近你们很辛苦吧？有没有想过把这个案子做成专题？”谢小艺优雅地回过头，盯着肖远林问。

“哦？什么案子？”

“你装什么傻呢，就是李荣武这个案子啊！”谢小艺诡谲地笑笑。

“那你想要怎么做呢？”肖远林试探着问。

“这就要看你这个博士专家如何定位了。”

“怎么定位？你觉得这个案子已经尘埃落定了吗？”肖远林望着谢小艺的眼睛，微笑的眼神掠过一丝质疑，仿佛一瞬间又置身到法庭之上。

谢小艺移开目光，轻描淡写地对肖远林道：

“这个案子你们会抗诉吗?”

本来今天肖远林出来也打算和祝阳、杨雁聊聊李荣武的案件，但半路杀进谢小艺这个不速之客，内外有别，话题自然就不能不有所保留。

肖远林下意识地望望祝阳和杨雁，还没说话，他俩竟异口同声地说道：

“抗!”

年轻人就是年轻人！肖远林在心里说。他依然不露声色，沉吟了半晌，然后轻声说道：

“我们还是把这个问题留给时间吧。”

十三

节日刚过，王海川就收到市委办公厅的通知，让他上午十点到市委开会。

王海川提前半小时来到了市委书记聂正堂的办公室，国庆期间发生了太多的事情，他觉得自己应该向书记进行详细的汇报。当初对李荣武案件的查处，虽然是省院挂名牵头的交办案件，但没有书记和市委的支持是不可能完成的。

聂书记仔细地听完了王海川的汇报，没有立即作出明确的指示。他看看表，对王海川说：

“时间差不多了，我们先去开会吧。”

这个会议是由省委巡视组主持召开的，主题是通报巡视组两个月以来对滨州市各项工作的考察和评价。对滨州的经济社会发展中的各项工作，巡视组给予了较高的评价。在对滨州政法综治工作进行评价的时候，巡视组长汪元奎忽然话锋一转：

“滨州最近十分热闹哇，李荣武案件被判无罪，举报人自杀，仅国庆节期间，我们巡视组就收到了大量的情况反映。我们办案机关有没有滥用职权？是不是刑讯逼供？如果是，一定要严肃追究责任人的违法行为！该停职的要坚决停职，绝不姑息袒护！”汪元奎扫视了一下会场，接着说道：

“当然了，腐败也是必须要反的！但是同志们哪，现在是什么时代了？我们的法治建设和改革开放走过了三十多年的历程，难道我们一些同志的思想还停留在原始水平？对于干事创业的干部，我们是不是应该多一些理解和包容？不要捕风捉影，这会给我们党的事业带来严重危害的！跟不上时代的人，必将被时代所淘汰，在大是大非问题上，我们必须统一思想，不换思想就换人！对于这个事情，巡视组将一直保持高度关注！”

会议结束后，聂正堂书记示意王海川留下来。

走进书记办公室，只见公安局长刘云峰已经坐在沙发上等着了。旁边，秘书正在倒茶。

“早啊，云峰！”

“早！我也刚到一会，节日过得好吧？”刘云峰笑着寒暄道。

“这个节日啊，估计我们过得差不多，都没少忙。”

聂正堂书记进门后，招呼两人到会客室，并随手关上了门：

“说说你们的想法。”

刘云峰望了望聂书记，对王海川道：

“要不你先说吧。”

“好的，”王海川接过话头望着聂正堂：

“聂书记，我得先作个检讨！案件进行到这一步，有些出乎我们的预料，教训很深刻！”

“检讨就先搁一搁吧，”聂书记打断了王海川的话，接着说：

“现在的问题是，接下来怎么做，从你们汇报的情况来看，我们面临的形势十分复杂，一些问题现在还比较棘手。所以，正如会上汪组长说的一样，这个案件稍有疏忽，就会带来更加严重的负面影响。”

顿了顿，聂正堂望着刘云峰问：

“举报人被杀案有结果了吗？”

“有些眉目了，除了指纹，我们在现场还发现了一些新的痕迹，相关材料正在周密细致地比对和侦查之中，相信很快就会有结果。”

“海川呢？你们对这个案件有些什么新的思路？”

“是的”，王海川抬头望着聂正堂：

“乔南山被‘自杀’绝不是偶然的，这个事件应该与其举报李荣武受贿有关，甚至可能还会涉及更深层的问题，我们已经启动了特别机制，成立了1001案件督导组，提前介入引导侦查。对于这个案件，我想我们侦查机关要内紧外松，严格保密，做到多管齐下，雷厉风行。”

“很好，这个案件因为背景复杂，所以你们两家要发挥各自的优势，力争尽快使案件水落石出！”

“放心吧，聂书记，我们一定协同配合，在最短的时间内查出事实的真相！”刘云峰望了望王海川，向聂正堂坚定地表态。

十四

罗永健被停职的事，很快就传遍了滨州，大优网也在头条位置发布了“因涉嫌违法办案，滨州市检察院反贪局长被停职”的消息，并与“李荣武被判无罪”和“举报人乔南山自杀”两则消息并放在一起，这就更加引发了关注。

罗永健下班回家，从左邻右舍的目光里感受到了异样，那些熟悉和不熟悉的邻居们好像忽然表现出了对他的特别关切。

他没有心情顾及这些，回到家里，妻子没在，估计是去学校接孩子去了。因为平时工作忙，偶尔按时下班他会在厨房“挣挣表现”，但今天没这个心情，他打开衣橱，从最里层翻出了许久没有穿过的运动衣，他需要一场激烈的肢体运动来缓释内心的压力和郁闷。

像事先约好了似的，罗永健刚热身不过五分钟，张运畅也背着一大包“装备”来到了体育馆。

“今天休息?”张运畅在罗永健练习的网球格道前停下脚步侧身问。

“呵呵，面壁思过!”罗永健回头望了张运畅一眼，继续挥舞着球拍。

“很久没见你来运动了哟，很忙吧?”

“忙什么，哪有你那么春风得意!”

“我们俩有几年没一起打过球了，”张运畅有些尴尬地笑了笑，对罗永健邀请道：

“要不要来两个回合?”

“好吧，也让我见识见识你究竟长了多大本事!”

说是两个回合，不知不觉间近两个小时过去了，没人数球，也看不出胜负，但谁都没有停手的意思。天色渐渐暗了下来，运动场的感应灯亮了。

还是张运畅先停了下来：

“还不饿吗？要不我们先去吃饭？”

“嗯，是不早了，”罗永健从旁边拿过毛巾，边擦边说：

“不过，我还得回去给孩子做饭，今天就不奉陪了。”

收拾完球具，张运畅貌似漫不经心却又用十分关切的语气问：

“你没事儿吧？”，

“有什么事儿？不做亏心事，不怕鬼敲门！”

“呵呵，臭脾气一点都没改，我知道你没做亏心事。”

“你知道？你知道为什么还无中生有？”

“对不起，那是我的职业精神，我想你是应该能够理解的。”

“我不理解！”罗永健生气地望着张运畅质问道：

“难道你忘记了我们毕业时的誓言？忘记了自己曾经说过要维护法律的尊严，要维护社会的公平正义？”

“我没忘记，而我做的事，也正是在维护法律的尊严！”

“维护法律的尊严？让明知道犯罪的人脱罪，甚至不择手段就是你所维护的法律尊严？这就是你的公平正义？”

“永健，不要意气用事，我们站在不同的角度，自然有不同的行为方式，但我们所做的一切，都是符合法制精神的。”

“符合什么样的法治精神？是栽赃陷害吗？”

“话不要说得那么难听，我栽赃陷害你什么了？”

“你心里有数！”

张运畅明白此刻与罗永健沟通无异于火上浇油，他也知道指称罗永健他们在侦查环节对李荣武刑讯逼供是缺乏依据的。但是，作为李荣武的律师，这是他唯一可以帮助李荣武摆脱困境的机会，就像一个被铁链绑牢手脚的囚徒，找到链条中的薄弱环节是求生的本能一样，谁让你刚好有这么个生锈的地方呢。

张运畅穿好衣服，走到罗永健跟前：

“老同学，工作是工作，生活是生活，不能因为工作影响了我们的友情，改天我们约约，一起吃饭聊聊好吗？”

“吃饭就免了吧，”罗永健缓和了下情绪，接着用半开玩笑半认真的口吻说：

“你那饭啊，山珍海味吃着也不是味，反正我现在有的是时间，要聊，随时奉陪。”

十五

世界上就有这样巧的事，好像冥冥之中自有定数似的，经过几天的取样收集和比对，留在乔南山家楼下饮料瓶上的指纹居然有一枚找到事主了。

这个人就是“宝娃”，大名叫刘来宝，除了城东那个强奸案，还曾经因为在夜总会当保安时把人打伤被行政拘留过几天。而他以前上班的夜总会就是栾成杰和别人合伙的“滨江华都夜总会”。

鱼儿终于浮出水面了！

当李雪莹向王海川汇报这一情况时，王海川有些抑制不住内心的激动：

“告诉刑警队的同志，为了不打草惊蛇，先以强奸罪抓捕刘来宝！”

随即，王海川又告诉李雪莹：

“通知罗永健和肖远林，一旦将刘来宝缉拿归案，反贪和公诉各派一名得力的同志与你一起提前介入侦查，需要时还可以增派人手，切记，一定要注意保密！对了，告诉罗永健，让他继续‘反省’。”

李雪莹知道，罗永健是王检的爱将，这个时候让他“反省”一定有着特别的用意，她把王海川的意思向罗永健传达后，建议让反贪局副局长牟一凡参加专案组，他自己则去继续“反省”。

抓捕刘来宝的工作进行得十分顺利，不到八小时，付永强大队长带领的一队刑警即在与滨州相邻的利水县境内将其抓获。

真是应了那句老话，“狗改不了吃屎”，抓获刘来宝的时候，他正和一个夜总会的小姐在房间“温存”。

专案组连夜对刘来宝进行了突审。

“知道我们为什么抓你吗?”

“不，不知道，我，我，我又没干什么违法的事。”刘来宝结结巴巴地回答，尽管已近秋天，但他额头还是冒出了细密的汗珠。

“真不知道?!”审讯人员严肃的眼神直逼刘来宝。

“还是为‘傻妹儿’那事、事儿吧?”刘来宝低着的头略微抬了抬，斜眼看了看审讯人员，又立即闪开。

“强奸‘傻妹儿’的事，那只是你所干的坏事之一，不要妄想蒙混过关，坦白交代你的罪行!”

一阵短暂的沉默，刘来宝的头埋得更低。

付永强大队长望着这个“结巴”的对手，迅速地思考着对策。他清楚，这个时候刘来宝正进行着激烈的思想斗争，他不知道办案人员掌握了多少情况，既然这么远来抓捕自己，自知难以蒙混过关。但该交代什么，如何避重就轻正是他内心十分矛盾的事。

“抬起头来!”付永强厉声呵斥:

“只有坦白交代自己的罪行，才是你唯一的出路!”

刘来宝额头的汗珠越来越密、越来越大了，他用手指轻轻地抚弄着眉心，然后悄悄地上下滑动，让汗滴不至于滴落下来。

付大队敏锐地捕捉到了刘来宝心里的变化，进一步加强了审讯攻势:

“难道这个时候你还抱有什么幻想?除了争取主动，你还有别的选择吗?不要敬酒不吃吃罚酒，一错再错，让自己陷入万劫不复的深渊!”

“我该死，我有罪，我禽兽不如!”刘来宝一边用手搧着自己的嘴巴，一边语无伦次地交代:

“我不该强暴‘傻妹儿’，更，更不该翻供，我应该对自己做过的坏事负责!我请求政府的宽大处理。”

付永强明白刘来宝的反应，这是案件口子即将被撕开的前兆，从犯罪心理学上来讲，这是罪犯在遭遇审讯压力后的一种心理反射，这和壁虎遇到危险时“断尾逃生”一样，是一种迫不及待的抛轻掩重的手法。

他不想及时揭穿他，想先看看他的表演，于是佯装对他的“坦白”表示满意，说道:

“那先说说你的作案经过，要详细，不得蒙混敷衍!”

“好，好!我一定彻底坦白!”刘来宝如释重负，很快交代了自己趁杨菊英不在家对其女姚小玲进行强奸的经过，内容比第一次在派出所的交代要详细许多。

“那你后来为什么要翻供呢？”

“是人家教我的，说这种只有两人的强奸案，只要没有其他把柄，我的口供就是定罪的重要依据，自己不承认就好办很多。”

“你说说受害人身体有些什么特征？”

“好的，别的特征我没怎么注意，就是在脱她内裤的时候，我看到她肚脐下面有个胎记，有拇指大小，浅红色的，像颗胡豆，”这时的刘来宝似乎看到了希望，说话也不结巴了，他极力地回忆着当时的情景，并讨好地继续说道：

“本来我是不想翻供的，律师告诉我由于‘傻妹儿’的妈过了很长时间才报案，精液都检验不出来了，只要我咬死不承认，这个案子就判不了。现在我才悔悟过来这种做法是不对的。”

付永强详细地讯问完细节，让刘来宝和书记员核对了笔录，然后对另外两名办案人员说道：

“先带下去休息一会，然后让他写份亲笔供述和一份悔过书！”

再次提审的时候，刘来宝满脸堆笑。但当他的目光与付永强相遇时，他不由打了个寒战。

在刘来宝的眼里，这时的付永强仿佛变了一个人，目光有如月夜下的匕首，闪射出两道寒光。

“刘来宝!”付永强的声音像是从胸腔里直接迸发出来的：

“坦白交代，你为什么要杀死乔南山?!是谁指使你的?!”

刘来宝一愣，眼前一黑，身子如掏空了的沙包，顷刻瘫软在了座椅上。他那一直靠侥幸堆筑起的防线彻底崩溃了，他知道只有真的坦白，才能为自己找到一丝生的希望。

刘来宝交代了十月一日这天与一名叫唐燕的女子去乔南山家杀害乔南山的经过。

当晚十点多，他与唐燕一起来到乔南山家楼下。按照事先的约定，唐燕独自一人上楼用温情伺机麻醉乔南山。大约过了半个多小时，唐燕给他发来信号。上去的时候，乔南山已经被完全麻醉，他将准备好的半瓶安眠药灌进了乔南山的胃里，把《遗书》放在乔南山的床头，然后关严了窗户并打开了厨房的煤气。擦拭完房间的痕迹后，带上两个空的饮料瓶悄悄地离开了乔南山的家。下楼不久他们被一只大黄狗追赶，慌乱之中遗失了一只瓶子，由于担心被人发现，他们慌忙逃离了现场。

“唐燕是什么人?你们以前认识吗?”一直在旁边观

察的牟一凡厉声问道。

“认识，她是我们夜总会的小姐，和乔南山的关系比较亲密。”

“是谁指使你们去的呢?”

这个问题让刘来宝略微一怔，犹豫了片刻，他嗫嗫地回答：

“是，是栾总，栾成杰，还有一个陌生人。”

“陌生人？什么样的陌生人?”

“我也不认识，那天栾总叫我去他办公室的时候，他就在那里了，栾总说让我去办件要紧的事儿，具体的事都是那个人安排的。”

“这个人有些什么特征?”付永强也插话进来问道。

“浓眉大眼的，个子比我高，在一米七五到一米八零之间，脸还有点黑。”

“那封‘遗书’是谁给你的?”牟一凡继续问。

“‘遗书’和安眠药都是那个陌生人给的，栾总说交给我重要的事情办，让我一切听这个人的。”

看来这个神秘的陌生人是整个案件的关键!

牟一凡与付永强交换了下眼神，待民警将刘来宝押下去后，牟一凡悄悄地对付永强说道：

“现在来看，尽快抓捕栾成杰十分关键，只有抓住了栾成杰才能找到这个神秘的陌生人!”

“是的，我马上就部署抓捕栾成杰，同时秘密寻找唐燕。”

十六

眼看法庭宣判已经过去了九天，还没有得到检察院是否抗诉的准确消息，李荣武内心十分焦躁。这时他不由自主地想到了那个已经半年没有联系的人。

其实，这半年来的时光里，他无时无刻不在惦念着她，甚至在那些难熬的日子里，他几乎都是靠回忆和她一起的时光来度过那漫漫长夜的。

是的，他不算是一个忠于家庭的好男人，但除了这个让他难以忘怀的女人，他从来没有和另外的女人有过身体和精神的交融。

在这个城市里，自己曾经是那样的引人注目，不少优秀的女人或明或暗地向他表示过敬慕与欣赏，但唯一让他动心的，就是这个知性又美丽的女人。和栾成英结婚十多年来，除了曾经有过的内心感激，几乎没有过令人刻骨铭心的时刻，而这些年，栾家的势利也让他有不胜其烦的感觉。他讨厌大舅子栾成杰，又不得不经常为他的利益要求提供便利，以报答栾家当年的“哺育”之恩，有时还要为他们常常不得体的出格行为“擦屁股”。

这个在外人眼里无限风光的副市长，内心也有着自己的无奈和苦痛。而唯一能够洞察到自己内心，并能够随时予以关怀和抚慰的，就只有这个聪慧美丽而又优雅贤淑的女人。他忘不了第一次相遇的情形，那种眼神交汇、怦然心动的感觉。他知道他们之间是互相吸引的，如火如荼的城市建设使他必然与媒体有着频繁的接触，他从她的眼神里无数次读到那种远远超越欣赏的欣喜和甜蜜。三年前，他们跨越了普通人的情感，但又囿于现实的巨大压力，一直保持着知己与情人之间的特殊关系。李荣武不知道道德会怎样定义他们，但他内心对她十分的依恋，他的每一分成功和喜悦都愿意和她一起分享，而每一分痛苦，甚至是秘密都愿意向她倾诉。这些年，她几乎没向他提出过任何要求，但李荣武的内心却希望自己能够让她过得更舒适、更快乐。

出狱近十天，他一直强忍着不和她联系，即使在收到她的短信后都没有回复。但今天他有些忍不住了，他来到街上，用公用电话拨通了她的号码：

“你方便吗？我想见见你！”

在江南新区，临近滨江路有一大片新开发的住宅区，入住率大抵不到百分之二十。李荣武驱车来到滨江花园地下停车库，一眼就看见了那辆红色的轿车，他的心中不禁涌出一股久违的激动。他迅速地来到十三楼的13－2号房前，按门铃的手有些微微的颤动。

这个房号是她选定的，他也没问过为什么，但明白其中的寓意。房间不大，套内面积约九十平方米，客厅临江，装潢和布置都很温馨。每次来到这里，他都会有一种穿越时空，走进自己浪漫梦境的感觉。

房门开后，李荣武一把搂住了这个熟悉又亲切的身躯，久久不愿松开。

“这么长时间，为什么就不和我联系呢?”

“你知道，我现在深陷泥潭，担心给你带来麻烦。”说完，李荣武轻轻松开这个女人，细细地打量起来。

她明显比半年前憔悴了一些，但依然是那么优雅迷人。柳叶眉下，一双丹凤眼含情脉脉，白皙的皮肤，微微上翘的鼻子，轮廓分明的红唇被两条笔直的人中线有机地联系在一起。真是造化神奇，美丽的东西总像是富有灵性似的，巧妙地集于一身。

但此时，那双黑色的眼眶中却积满了泪水，倾诉着无声的思念和隐隐的担忧。

李荣武不免一阵辛酸，再次把她抱在了怀里，情不自禁地与她拥吻在一起。他想起了他们的初次相识，想起了那些踌躇满志和缠绵悱恻的日子，想起了那些充满骄傲和快乐的时光。他蹲下身，双手把她悬空抱起，转过客厅，疾步走向卧室。

“我想要怒放的生命，就像穿行在无边的旷野……”汪峰充满激情的声音从李荣武的手机由远而近传来，惊醒了迷迷糊糊的李荣武，他按下电话，听筒里传来栾成英焦急的声音：

“你在哪呢？成杰出事了，你快回来吧！”

十七

栾成杰畏罪潜逃了。

得到这个消息，牟一凡迅速向王海川进行了汇报。

在王海川的办公室，余栋梁、安国兵、李雪莹、肖远林、牟一凡和祝阳分别坐在王海川办公桌前的两个长条沙发上，牟一凡正向大家报告抓捕栾成杰的经过。

“抓捕栾成杰的工作我们是秘密进行的，”牟一凡向大家汇报道：

“但估计是在抓捕刘来宝时走漏了风声，我们的几个抓捕小组在滨州都扑了空，在他开的华都夜总会、成杰建筑开发公司和另外两个采砂场、采石场都没有他的踪迹，手机关机留在了家里，他那辆奥迪 Q7 也不知去向。”

“你们对栾成杰的去向有初步的判断吗？”王海川蹙着眉问。

“根据目前的情况，专案组也进行了认真的分析，栾成杰可能逃往的方向大致有三个，一是省城，二是他老家，三是他曾服役多年的广东沿海地区，其中最有可能的是省城。”

“对他的车辆采取追踪措施了吗?”安国兵插问道。

“采取了，已调取各交通要口的监控录像进行查找，还有，对他的通信情况进行分析，并已向各地公安机关发出了协查通报。”

“那个叫唐燕的女子也跑了?”肖远林问。

“这个女子在乔南山出事后就没了踪影，不过相关的追捕工作也已展开。”

“王检，今天是李荣武案件宣判后的第十天，是否提起抗诉必须有个决定意见了。”副检察长余栋梁提醒道。

是啊，王海川何尝不明白呢，这些天这个问题其实一直都萦绕在他的心头。乔南山被杀，栾成杰潜逃，唐燕失踪以及巡视组稍显反常的态度，这一系列的问题都说明李荣武案件不简单。他安排罗永健秘密开展的几项工作，尽管取得了一些收获，但也还没有关键性的突破。到底怎么办?暂时实在难以下定决心。

“远林，你们的意见呢?”王海川把目光投向肖远林征询地问道。

“说实话，在这之前，我内心一直是倾向于抗诉的，这个案件尽管在细节上有些瑕疵，但基本事实是清楚的，证据也算确实、充分，审判机关因为嫌疑人和证人翻供及腿部伤痕就判定侦查部门存在违法办案缺乏依据，”停顿了一下，肖远林接着说：

“刑诉法修改后，专门确定了非法证据排除规则，但到底什么是非法证据，哪些应该排除，条文规定并不十分明晰，在实际的应用中也因为不同的把握出现了截然不同的情况，对于李荣武这个案件，我们和法院就有不同的认识，通过抗诉，可以引起各方足够的重视，认真思考相关标准，甚至形成实际的判例，引导未来的诉讼，也让法律的尊严得到应有的维护。”

“说说你现在的意见！”王海川打断说。

“经过这几天的事情，我觉得这个案件比我们想象得更加复杂，在许多关键问题没有侦查清楚以前，我们又何必急于一时呢？毕竟，必要时我们还可以提请审监抗。”

“但是，现在社会舆论和老百姓对这个案件十分关注，我们不抗诉，是不是会给出一个错误的信号？”余栋梁的问题显示出他的担忧，这其实也是社会舆论关注的焦点。

“舆论固然应当重视，但它不能成为左右我们办案的决定因素，我也同意远林的意见，我们保留提起审监抗的权力，侦查工作要结合乔南山这个命案深入推进！”王海川明确地表达了自己的态度。

回到家里，肖远林下意识地打开电脑，他那篇博文下面已经有了不少留言，赞许者有之，批评者有之，提问探讨的也有不少。但最引发他关注的，还是一句看似无关的留言：在情与法之间，我们真的能够做出坚定的选择吗？

这个给他留言的不是别人，正是“过眼云烟”，他打开 QQ，点出“过眼云烟”，在对话框中发过去一个问号。他不明白她留言的意思，好奇心驱使着他想要搞明白。

好像一直等待着似的，那只灰色的“狐狸”由灰变红居然真的跳动了起来：

“你好，博士！”还是和以往一样，和问候一起发过来的，还有一杯热气腾腾的“咖啡”。

“为什么有那样感慨的留言呢？感觉你不是一直非常理性的吗？”

“女人本来就是感性的动物，理性只是她们谋生的手段和基于防卫的本能。”

“说说吧，受到什么刺激了？”肖远林同时发了一个龇牙的表情。

“博士，你认为所有的罪犯都是坏人吗？”

“坏人？我不这样认为，其实，法律只能够界定刑法意义上的罪犯与非罪犯，那主要服从于社会公共秩序的需要，甚至有时与道德无关，比如说，一场事故的过失犯，遇到非法侵害时的防卫过当等，从道德意义上，我们不能说人家就是坏人。”

“那对于贪污受贿的人呢？你怎么看？”

“那也不能一概而论啊，不同的对象，不同的情节，人们会有不同的判别，但一般来讲，老百姓痛恨腐败，所以大多都被看成坏人。”肖远林忽然觉得有些奇怪：

“咦，今天你是怎么了？怎么这么奇怪呀？这不像我所认识的那个伶牙俐齿的‘狐狸’哟！”

“哎，狐狸也有迷惘的时候，”“过眼云烟”说完，发了一个无助的表情过来。

肖远林感到有点疑惑，同时也有些滑稽。同一个“过眼云烟”怎么前后就判若两人呢，以前那个才思敏捷，能言善辩的鬼灵精为什么忽然就变成了多愁善感甚至有些糊涂幼稚的傻大姐了？

过了一会，“过眼云烟”似乎从短时的智力断片中恢复了过来，伴随着一个顽皮的表情向肖远林提出一个问题：

“抛开法律的视角，从人的角度来看，你认为李荣武算是坏人吗？”

“你知道我是法律人，看问题自然不能完全脱离法律人的视角，我刚才也说过了，在法律的定义里，没有坏人和好人的界限，只有违法和守法的区别。”

肖远林没有正面回答对方的问题，对于还没有最后结论的当事人，他是不便于进行评论的，这是自己的职业操守。其实他知道，李荣武从一个普通的大学生一步步走到局长、区长、副市长的位置，除了天时地利，能力和勤奋是必不可少的，甚至许多时候还得做出高于寻常人的奉献和牺牲。这些年滨州城市建设发生了翻天覆地的变化，与他这个分管城市建设的副市长的功劳当然也是分不开的。但是，功劳可以成为违法犯罪的资本吗？

“那么从人性的角度看呢？不要告诉我说你们检察官不食人间烟火哦！”

“作为普通的人，我也不会随便就给人贴上好人坏人的标签，而且好和坏也只是一种主观评价，不同的人有不同的标准，譬如说在你和别人争斗的时候，一个男人为你打抱不平去攻击对方，也许这时你觉得他是好人，对方觉得他是坏人，而法律要裁判的是，他的攻击是否对对方造成了足以带来刑事追究的伤害，当然还要考量对方有没有非法侵害你的合法权益，这就是不同的人以及法律看待事物的不同态度。再有，任何一个人都有不同的侧面，这个世界没有绝对的好，也没有绝对的坏。‘好人’也有出格的时候，‘坏人’有时也会让你感动。你认为呢？”

肖远林的一番说辞让自己都觉得有些像解不开的麻绳，他不想把问题弄得太复杂，就又把问题抛了过去。

“李荣武案件，你认为检察机关下一步会怎么办？”“过眼云烟”没有顺着肖远林的话题再说下去，忽然问道。

这让肖远林一阵纳闷儿，对方到底是谁？她为什么对李荣武案件如此关心？如果只是一个如她所说的对正义怀有梦想的人，那么以她前面所表现出的睿智与成熟，有些问题是不需要问的，她甚至可以发表出一大通的精辟论述，她今天到底是怎么了？好似在一个什么结上解不开，这还是那个“过眼云烟”吗？

“那么你认为呢？”肖远林以问为答，把这个问题又抛还给了对方。

“我就是想听听你的看法哟，你不会这么没风度吧？”“过眼云烟”还附带一个“委屈”的表情。

“一切皆有可能！”肖远林以模糊的方式回答了她的问题，他知道，在任何情况下，泄露案件机密都是不可饶恕的。

十八

抵达省城后，罗永健他们一直追踪的那辆“路虎”在内环高速转了半个圈，由南区下道直接朝“热带风情”别墅区驶去。为了不打草惊蛇，他们没有继续跟进。

定位仪器显示，这个神秘人的车驶入了A座的118号别墅，户主是省城颇有名气的房地产开发商。

其实到现在为止，他们还不能完全确定这个神秘人物就是刘来宝所说的“陌生人”，从栾成杰失踪前几个时段的通话记录来看，他的可能性最大。尤其这个号码是用别人遗失了的身份证登记注册的，而通话的时段，又和乔南山“自杀”及栾成杰潜逃时间高度巧合，这就更增添了对他的怀疑。

罗永健留下两名干警继续监视车和人，自己则与刑警队的秦继纲副大队长一起赶到省公安厅核查相关事项。

核查的资料显示，他们跟踪的路虎车是世纪风房地产开发公司的。

世纪风房地产开发公司是省城最知名的房地产企业之一，其开发领域涉及商业地产及中高端住宅，在全省各大中型城市都有其标志性开发项目，同时还控股经营着几家高档的宾馆和娱乐会所。滨州已建成的最大楼盘“世纪新城”以及正准备开工的“诗仙府邸”高档别墅区，都是其麾下产业。

傍晚十分，罗永健接到负责监视的干警打来的电话，那辆“路虎”离开了“热带风情”别墅区向南山驶去，途中，他们的四个车轮同时被尖钉扎坏，目标消失，被追踪的电话也同时失去踪迹。

看来，这个人极有可能就是那个神秘的“陌生人”！罗永健和秦继刚立即驱车赶到了车辆抛锚的现场。

“对方是怎么发现你们的?”罗永健问其中一位

干警。

“他们的车速度很快，我们拼命提速，才勉强保持和他们的距离，晚上行车，又不能不开大灯，再加上他们似乎十分警惕，车速时快时慢，要跟紧他们，不被发现是很难的。”

“他们？难道车上有几个人吗？”

“车子开出‘热带风情’别墅区的时候，可以隐约看到驾驶室坐着两个人。”

钉破四个轮胎的，是特制的三角钢钉，显然对方是有备而来。

“实在是太猖狂了！”罗永健咬牙切齿地说道，同时他内心也有些沮丧。目标在我们眼皮底下被跟丢，还被公然投钉扎胎，这完全是在肆意挑衅！

罗永健意识到，对于这样的对手实在不能等闲视之，操之过急反而容易适得其反，必须以更加周密的措施予以应对。怎么办？罗永健眉头紧锁，迅速地思考着对策。

一刻钟以后，两辆车一前一后返回市区，在南区路口，一辆驶往“热带风情”别墅区，一辆则向相反的方向驶去。

王海川接到省院的电话，立即赶到省政法委，省委领导要听取关于李荣武案件的情况报告。

由于时间仓促，没有准备好书面报告，一路上，王海川看似闭目养神，实际上他一直在想应该如何说才能达到目前状况下的最佳效果。

半年前，李荣武案件立案侦查时，王海川曾经和省院领导专程到省委进行过汇报，那时省委书记还没去中央党校学习。书记详细地询问了案件的初查情况，对李荣武的堕落也深表痛心，原本打算让省纪委先期审查，但考虑到该案件基本事实已经清楚，所以同意检察机关直接立案侦查。

案件发展到现在，这是当初始料不及的，李荣武被判无罪，举报人乔南山被杀，栾成杰畏罪潜逃，神秘人暂时身份不明，这些都还有待进行深入细致地侦查。但李荣武被判无罪后，检察机关不及时抗诉，那就意味着法院的无罪判决即刻生效，省委和滨州市委必然面临着如何对待李荣武的问题，这其中，检察机关的被动是可想而知的。

王海川做好了在会上挨批的准备，但心中却一直在盘算着如何将这局看似被动的棋下活。

开完会，王海川接到罗永健打来的电话，要到他下榻的宾馆汇报情况。

“王检，人跟丢了！”

“丢了？哪里丢的？”

“在去往南山地方向，不过，我们基本摸清了对方的来路，下一步怎么走，听王检进一步的指示。”

听完罗永健关于跟踪“神秘人”情况的详细汇报，王海川半天没有说话。

罗永健知道，这个时候王检内心正进行着激烈的思想斗争，李荣武案件进行到现在，使本来已经十分棘手的情况变得更加复杂，要在省城这个神仙汇聚的大庙里追根溯源，会遇到什么样的情况和阻力，是难以预见的。要排除阻力必须得到省里的强力支持，而确凿无疑的证据是赢得支持的关键。

“多管齐下，深入彻查！不放过任何的蛛丝马迹！”王海川用力拍了拍罗永健的背，目光里传达出信任和坚毅。

十九

栾成杰失踪的第二天，在他的老家找到了那辆奥迪Q7，驾驶员讲，是一天前栾总安排他送些东西回老家的，而究竟栾总去了哪里，驾驶员也不知道。

栾成杰真的彻底消失了吗？付永强大队长和牟一凡陷入了困惑之中，原本想找到了栾成杰，就可能解开所有的谜团，也能够找到唐燕和那个“陌生人”，而乔南山被杀案也就可以告破，甚至李荣武案件也可能出现新的转机。

但经过两天的努力，他们地毯似地搜查了栾成杰的几个办公室和居所，将与他相关的所有信息和资料都进行了排查，都没有找到有价值的线索。

现在看来，如果不尽快找到栾成杰，一切的谜底都可能依然是未知。

专案组抽调了精兵强将，加大了对栾成杰各社会关系的关注力度。

李荣武坐在客厅里，一直呆呆地望着那幅“八骏图”出神，自从昨天栾成杰失踪以后，他几乎没有说过话。栾成英则像是受到了很深的刺激，喃喃地说个不停。许多次，栾成英都走到他跟前抱怨他不关心自己的弟弟，不仅拿不出主意，连话都不想说，李荣武只以苦笑回应。

他能说什么呢？事情发展到这步，别说现在，即使是以前，也完全不在他的控制范围内。是的，在他身陷囹圄时，一直是栾成英两兄妹在为他奔走，请律师，找证人，斡旋各方关系。

按说，他今天本应该高兴的，一早张运畅就打来电话，说十天过去了，检察院没有提起抗诉，这也就意味着法院的判决已经生效。

可李荣武怎么也高兴不起来，为什么在这样敏感的时候，栾成杰要莫名其妙地去杀人呢？他想不通栾成杰这样做的目的，搞到这一步，不仅自己帮不了他，甚至还会让自己越陷越深，这一点，从张运畅的语气里就已经感受到了。

他叹了口气，目光再次落在电话机上，犹豫片刻，他还是拨出了那个他曾经拨打过无数次，带给他许多欣喜，也带来很多紧张和烦恼的电话。

电话通了，可直到响完最后一声都没有人接，李荣武紧悬着的心变得冰凉。

他没有再拨，其实，就算真的接通了，自己和他说些什么呢？说自己一直以来勤奋地工作？说自己对每个交办事项都尽心竭力？还是说自己在受审查中的种种委屈？抑或始终如一地维护着他的权威和声誉？

按照组织规则，这些都不能说，或者不是说这些的时候。但拨这个电话对他来说又是必须的，也许就只是这样响几声，也说出了他想要说的话：老领导，帮帮我！

检察院并未抗诉的消息没带给张运畅多少兴奋，因为他同时得到的消息是：栾成杰畏罪潜逃了。这其实多少也印证了他曾经的猜测，这头愚蠢的驴，真是脑子进水了！他在心中骂着。

本来李荣武案件，他可以通过努力实现相对完美的收官。检察院不抗诉，说明暂时没有充足理由推翻法庭的无罪判决，或者说，他已基本实现了李荣武案件无罪辩护的终极目标。如果不是乔南山“自杀”后栾成杰的畏罪潜逃，如果没有舆论对这两件事的接连发挥，他本可以只做一些查漏补缺的工作。

但现在的事情变得相对复杂了，他不知道栾成杰与乔南山“自杀”究竟有多少牵连，甚至，李荣武有没有身陷其中？这些，他都不得而知。但他并没感觉多少的沮丧，在他的字典里，没有失败，只有不同层级的成功。

就李荣武案件而言，他已经取得了第一阶段的胜利，而出现的新问题，也只能算他下一场战役所要面对的课题，是进攻还是防守，这需要依据不同的情况予以应对。

这次，他主动拨通了李荣武的电话：

“李市长，在家吗？我打算过来坐坐。”

出来十一天了，李荣武的气色依然没有什么好转，眉宇间隐隐的担忧冲淡了曾经让人仰慕的英气。说实话，李荣武如果不是因为眼下的困顿，他在许多人的眼中，其实应该算是男人中的上品。出色的才能，果敢的作风和儒雅的外表相加在一起，还有斐然的成绩和不断成功带来的自信，堪称完美。

但张运畅今天见到的李荣武，则更像是一个被霜打了的茄子，很难将他和那个风流倜傥、踌躇满志的副市长结合起来。他不由得在心中感叹造化弄人。

“李市长，平时没出去走走?”张运畅寒暄着开口，他尽量避免用“出来”“闲时”这样的字眼。

“很少出去，出去也没什么意思。”李荣武礼貌地回答，他的眼神却在等待着张运畅提出实质性的问题。

“你知道栾成杰为什么离开滨州吗?”

“我真不知道，但我想会不会和乔南山自杀的事有关?”李荣武试探着问，他希望张运畅能够带给他更多的信息。

张运畅望了望李荣武，顿了一下，犹豫着问：

“那栾成杰有没有和你说起过乔南山?”其实他想要知道的是，如果乔南山是被栾成杰所杀，是什么原因，里面还有没有什么他不清楚，又需要知道的情况。

“提是提过，但只是说这个人贼眉鼠眼，不仗义。”李荣武明白，不能把栾成英抹脖子的动作也告诉张运畅，这对他的辩护并没有什么用处，说了反倒可能会给自己套上枷锁。

“那他和哪些人有密切的生意往来呢?”

“生意往来?他和别人合伙搞了个夜总会，还有做了些小打小闹的建筑工程。”李荣武边说边在脑海里搜索着可能与栾成杰有密切关系的人，隐隐地，他似乎预感到了些什么，但暂时还不能确定，也不合适告诉张运畅。

“那好吧，如果有什么新的消息及时通知我，我希望栾成杰的事不会影响到我们这个案子!”说实话，作为律师，张运畅并不想知道太多与代理案件无关的情况，有时知道太多反而会不利，但他又担心遗漏了与案件密切相关的情况而失去主动。

出门的时候，张运畅再三叮嘱李荣武；

“李市长，有新的情况及时给我电话!”

送走了张运畅，李荣武的心里五味翻腾，他仔细地回味张运畅提出的问题，一方面对方明显怀疑栾成杰杀死了乔南山，甚至还有可能是受到自己的指使；另一方面也提出了栾成杰受到别人影响的可能。他的内心十分烦乱，仔细地梳理着栾成杰的社会交往以及这些年的所作所为，心中逐渐有了一些轮廓，不禁更加担忧起来。

李荣武走出家门，在大街上拦下一辆出租车：

“师傅，麻烦你送我去太白岩。”

站在太白岩上，李荣武心潮澎湃。曾几何时，那些主任、局长和专家们围绕在自己的身旁，在这里指点江山、规划蓝图。就在他们的指点中，一幢幢高楼拔地而起，一座座桥梁横跨南北，造型各异的体育场、博物馆和不同风格的公园、广场以其独特的韵致装点着这座城市。眼前熟悉的一切，记录着这座城市的变迁，也融入了自己许多的汗水和骄傲。此刻，李荣武忘记了自己眼前的处境，双手叉腰，回味着曾经的艰辛和荣耀，怀想着更加秀丽的景象，也尽情地吐纳着山高人为峰的豪气。他忘记了时间，甚至，都没发觉身后已经站了许久的她。

“你来很久了吧？”当李荣武听到身后轻柔熟悉的声音，回头张望的时候，他的目光碰触到了那双让他时刻都会心跳加速的眼睛。是的，这双熟悉的眼睛，分享过他无数的喜悦和骄傲，也抚慰过他的心酸和迷惘。此刻，那双眼睛里，除了温情，隐隐之中，还有一丝没有完全消散的忧虑和痛惜。

“是的，我想你了！”李荣武回转身，默默地望着她。

“我也想你！”

两双手臂交叉着紧紧地拥在了一起。

许久，她松开手臂，仰头望着李荣武：

“乔南山真是栾成杰杀的吗？”

“恐怕是的。”李荣武轻声回答，对于她，他从来就无所隐瞒。

“那为什么呢？案子不都宣判了吗？”

“是啊，我到现在也没弄明白，”李荣武疑惑地摇摇头：

“事情恐怕比想象的要复杂许多！”

今天不是周末，太白岩上几乎没有什么人，他们找到一块光滑的石头，李荣武掏出手绢垫上，抚着她的肩膀坐下，她顺势斜靠在他的胸前。

搂着自己心爱的女人，李荣武情不自禁，反复摩挲着她脂玉一样的脸颊。喃喃自语般地倾诉着自己心中的忧虑，以及各种可能出现的情况，她微闭着双眼，静静地听着，偶尔发出一声轻叹。

时光过得很快，一段沉默之后，她忽然感受到有两滴热热的液体滑落在自己的脸上，她抬起头，那双浓眉下的大眼眶里，竟然溢满了晶莹的泪水。

“怎么了？荣武！”

“没什么，”李荣武扭过头用手擦拭了下自己的眼睛，然后怜爱地望着她：

“如果，我们有天不得不分开，你会一直想我吗？”

“不，我们不会分开的！”

那双美丽的丹凤眼也已变得湿润，眼泪再次溢满了李荣武的眼眶，只是他尽量地忍着，不再让它轻易地滴落下来。

二十

罗永健派到北京的小组传来消息：在乔南山女儿乔晓妮那里找到了一个他半年前存放的光盘。由于光盘设定的密码比较复杂，暂时还没能打开进入。

北京小组报告，乔晓妮所在学校还反映了一个情况，几天前乔晓妮的寝室还被窃贼光顾过，因为没有丢失什么贵重物品，所以没有引起足够重视。而这张光盘也是因为和乔晓妮喜欢的歌碟放在她读研的实验室里，所以才没有遭到破坏。

是什么人动作这样快？罗永健想，同时他又暗自庆幸：幸好光碟没丢！他指示在北京的干警详细询问乔晓妮相关情况后迅速返回。

李荣武的老家距离栾成英父母所在的镇上不过几里地的路程，家中除了年迈的母亲，还有一个有些痴呆的妹妹。

这些年，李荣武虽然也陆陆续续修葺过几次，但因为投资不大，所以，很难看出这是一个副市长的老家。

以前，由于工作忙，李荣武大抵是半年回家探望一次母亲和妹妹，平时的生活照应，就托付给了同样寡居的小婶。小婶有个儿子，在李荣武的关照下承包了镇上的一个水库，日子也还算过得去。

李荣武出事后，他母亲伤心得差点上吊，后来听说儿子出来了，总算松了口气，但一直没见着儿子，心中依然是七上八下的。

这天中午，来了两个带着礼盒的年轻人，自称是亲家那边栾成杰的朋友，今天顺道来看看大妈。

让进屋后，年轻人和李大妈聊起了家常。

“大妈，您老今年高寿啊？身体还好吧？

李大妈侧过头来，由于耳朵不好使，只听清个大概意思，不断地点头：

“还好，还好！”

旁边一个中年女子用手挽着大妈，神情木讷地望着客人。

“李市长没回来看望您？”

“没有，半年多没见着他了。”说完，老人眼里流露出思念的神情。

过了会，李荣武的小婶也闻讯赶了过来，她仔细地打量着两个年轻人：

“你们是荣武的熟人？听说他出来了，他咋不来呢？”

“嗯，李市长可能还有些事情要处理，我们也是顺道过来看看”，年轻人顺着小婶的话题含糊地回答，然后又朝李大妈问：

“大妈，您老还缺什么吗？如果有需要，就告诉我们。”

李大妈听清了似地点了点头，还是这个小婶子接过话：

“东西倒是不缺，嫂子就是有些想荣武，你们告诉他有空了回来看看，”小婶接着又说道：

“荣武真是个孝子呢，就是耳朵有点耙，这个房子还是他用自己私房钱修的，平时工作又太忙，一年半载回不了一次，上半年回来过两天，拱了下猪圈，都没好生歇歇，哎!”

“李市长还会拱猪圈啊?”

“你们看，那不是么?”小婶热情地用手指着屋外右侧紧靠着厨房的石条房屋说道。

一个年轻人站起身好奇地转到石条房边看了看，返回身问：

“这段时间有人来看过你们吗?”

“哪有什么人来啊，我们祖上是逃难路过这里留下来的，一直人丁都不兴旺，现在这个村子姓李的就剩下我们两户了。”小婶像个打开了就收不住的话匣子，一直嘟嘟囔囔地说着，意犹未尽。

过了会儿，两个年轻人起身告辞。

李大妈扶着门站了起来，旁边大妈的女儿用手紧紧地挽着她，好像一刻也不愿放松的样子。

走出门口，年轻人回身让李大妈和小婶子留步，这时，他们依稀看见了李大妈眼睛里闪着泪光。

上车后，两个年轻人沉默了半晌。其中一个开口说道：

“祝阳，看来今天我们没有什么收获。”

“也不是啊，至少我们知道他家里的真实情况，而且……，”祝阳忽然压低了声音。

“而且什么？”

“而且这个猪圈也有点特别，”祝阳接着说：

“他为什么会在被我们查处前回来拱这个空猪圈呢？”

“那你觉得她们说的会是真话吗？”

“我看是真的，难道你不觉得她们很淳朴？”

“是的，一点都看不出是这么个腐败分子的母亲，可我不明白，既然李荣武是孝子，那出来这么些天了，他为什么就不回来看看她们？”

“恐怕他是无颜面对吧！”说这个话的时候，祝阳心中竟闪过一丝莫名其妙的同情。

“热带风情”别墅区的保安措施明显比其他小区严格许多，如果不是别墅区内住户，人员进出除了进行身份登记，还要进行安全检查。

秦继刚和一名干警持供电公司工作证，以巡查电路安全为由，通过门岗进入了别墅区。

别墅区占地五百多亩，有三百一十八套独栋别墅。整体风格呈现热带风情，高大的棕榈树和鱼尾葵装点着四周，深绿的草坪与团团簇簇的四季花卉相映成趣，而每一栋别墅前都有一个造型各异的浅蓝色游泳池，各类假山、植物桩头环绕着两层或三层的主体建筑独立成景，又相融于小区主题。

这个楼盘也是世纪风房地产开发公司开发修建，每栋别墅的市价在千万元以上，里面住的都是省内商界名流，是一个名符其实的“富人区”。

“住在这样的环境里，怕我们还不习惯呢。”干警小王四下巡视着，向秦继刚调侃道。

“是啊，只要干咱们这个工作，你一辈子也不要奢望入住这样的地方。”

“资源配置不合理，大片土地，就这么几百户人，得占人家多少额外的指标啊！”

“呵呵，人和人不同，如果是靠勤劳致富获得的财富，大家还是要理性平和看待，毕竟一份耕耘一份收获嘛，”秦继刚望着由远而近疾驰而过的一辆跑车，又一字一顿地说：

“如果是靠违法甚至是犯罪来攫取的财富，那就应该让他付出沉重的代价！”

118 号别墅坐落在整个别墅区地势较高的南沿坡段，背靠南山风景区，坐南朝北。地势虽然不算很高，但向下则基本可以俯视区内全貌。

这幢别墅除了地势比其他地方高点，门前还多了一道保安门岗。

秦继刚和小王走近别墅的时候，保安非常礼貌地拦下他们：

“先生，有什么可以帮你们的吗？”

“我们是电力公司的，巡查一下线路，最近你们这里有没有电压不稳的情况？”秦继刚边回答保安的提问，边向四周的路灯柱张望。

“电压不稳？从来没有啊，水电气这些问题都是物业在管。”保安有些茫然地望着他们。

“嗯，我们也是半年才巡查一回，如果使用没有问题，我们就看看外面的设施，公司要求我们服务到家。”

秦继刚带着小王，顺着路灯杆绕着别墅转了一圈，然后走到小区围墙边的一个似佛非佛的雕塑跟前。

“先生，这边没路了，请回去吧。”这位保安再次上前拦住了他们。

秦继刚脑海里迅速升起了一个大大的问号，来这里之前在调看图纸时，他们刻意关注过这栋别墅，这个下面原本设计了一个地下防空通道，但地面的雕塑是原来所没有的，而这个雕塑无论从哪个角度看都有些突兀，保安的态度更加深了他的怀疑。

秦继刚他们走出小区后没有马上返回城区，而是驱车从另外的路径绕到了别墅外围的南山景区。

就在刚才他们走近的地方，那尊雕像紧贴着围墙，靠外围一侧，一大块遮阳布绕住了半边雕塑，围墙下面是一片乱石杂草地，与南山的灌木林相连成片，不细看并没有什么异样。但细心的秦继刚从围墙下杂草的长势上看出了明显的差异，他没有声张，带着小王悄悄地离开了这个有些神秘的地方。

二十一

经过技术解密，乔南山生前存放在光盘里的是十几张照片。照片拍摄的内容像是一批文物，其中还有几张是玉石和青花瓷器，但仅凭照片无法判定物品的年代与真伪。重要的是，在一张照片里，居然有栾成杰和另外一个人的身影，但背景比较模糊，隐约像是一处工地。

找到栾成杰和照片上的实物，成了解开乔南山被杀之谜的关键！

赴广东追踪的干警查遍了所有和栾成杰有关系的人员和地方，都没有栾成杰的消息，工作组无功而返。

栾成杰会去哪里？从调查的情况来看，栾成杰可能潜逃的三个地方中，老家和广东基本被排除，剩下的就只有省城了。

经过认真的分析筛选，专案组把追查栾成杰的重点定在了省城。而重中之重，就在“热带风情”别墅区周边。专案组采取了敲山震虎，引蛇出洞的方案，相继在各大交通要口和人口密集地区张贴了附有栾成杰照片的通缉令，而在“热带风情”别墅区附近则悄无声息地设置了暗哨，张网以待。

五天时间过去了，正当专案组有的同志渐渐失去耐心的时候，前方监视组传来消息："热带风情"118 栋别墅围墙外的遮阳网有移动的痕迹。

"蛇要出洞了！"罗永健和秦继刚都显得有些兴奋，晚上亲自带人蹲守在南山"一棵松"附近的树丛间。

"一棵松"是南山的一处险要地带，东西两面绝壁，南面与南山主景区相连，而对着"热带风情"别墅区的北面，是一个缓坡，就着树木勉强可以攀缘。

几天前，得到"宝娃"被抓的消息，栾成杰自知情况不妙，安排好善后事宜，连夜搭乘接应他的"路虎"车离开了滨州。

按照"神秘人"的安排，他处理了手机和单位所有相关的资料，并故意让驾驶员开车去了老家，以引开侦查人员的视线。但没想到的是，"路虎"车快到省城的时候，他们发现车子还是被跟踪了，最后使用了一招"金蝉脱壳"，才勉强摆脱了跟踪。

在"热带风情"别墅的地下室里，蜗居了一周的栾成杰心乱如麻。回忆起这半个月来的日子，他忽然有了害怕和后悔的感觉。

这几天，他想了很多。本来，依仗着李荣武的关系，以及由此建立起来的人脉网络，从最先与人合伙搞夜总会，到办采石、采砂场，承揽一些建筑工程，再到参股房地产开发。应该说他的事业也算风生水起。

他知道自己的文化程度不高，干不了什么大事，尽管有李荣武或多或少的帮助，但他知道李荣武并不喜欢他，所以他也在暗中培植自己的关系，滨江华都夜总会就成为他铺设各种关系的据点，不过他发展的大都是上不了台面的人物。

从李荣武的态度看，他知道与自己合伙的人很有来头，他一直不知道对方的真实名字，只跟着李荣武叫他“阿力”或者“力哥”。

除了采石、采砂场，表面上，夜总会和开发公司也都由栾成杰负责，但实际上更多的时候，都是这个“阿力”在运作上层和把握关键，他不过是一个傀儡罢了。但只要赚钱，他也乐在其中。李荣武出事后，他和姐姐栾成英都六神无主，还是“阿力”给他出主意，介绍律师，使李荣武暂时摆脱了困境。

找人干掉乔南山，是他眼下最后悔的事，“阿力”告诉他，乔南山手上还握有李荣武的重要材料，打算再次举报，于是按照“阿力”吩咐找来了他的两个心腹。原本以为只要做得巧妙，自己就会脱离干系，但没想到这个以前小打小闹还算灵醒的“宝娃”在关键时候比自己还蠢，不仅做事不利落，还很快就穿帮被抓。

唉！该怎么办？当今天阿力告诉他省城里到处都是通缉令的时候，他甚至彻底绝望了。他知道在省城被抓是迟早的事儿，他想逃往南方。他在那边生活过十多年，还有不少的铁杆朋友，在那边或许还有一线生机。

晚饭的时候，阿力告诉他，在南山那边为他准备了一台越野车，让他天黑后走暗门抄小路过去，准备连夜送他去广东那边。

晚上十点左右，监视的干警发现“热带风情”别墅区围墙外冒出一星电光。

包裹严实的栾成杰攀着树枝刚刚爬上坡顶，还没来得及喘口气，就被守株待兔的干警们逮了个正着。

对栾成杰的审讯工作开展得并不顺利，一开始，他就来了个死猪不怕开水烫的姿态，闭口不谈自己的问题。很明显，他在等待外面的救援，李荣武指望不上，那么他在等待谁呢？

罗永健知道，栾成杰与刘来宝这样的小混混有所不同，他清楚指使人杀害乔南山意味着什么，也只有找到充分的证据，从外围锁定他，才有可能取得实质性的突破。在乔南山被杀案中，除了刘来宝，还有一个关键人物唐燕，现在的工作重点，就是尽快找到唐燕。而找到唐燕最快捷的方式，则是从栾成杰嘴里摸清楚她的去向。

这个任务，看似有些不可能完成。

经过认真细致的分析思考，罗永健与付永强制定出了“声东击西、请君入瓮”的审讯策略。

第二天一早，当栾成杰被带到审讯室，慢慢悠悠地坐下时，付永强用鹰隼般的眼神直视着他足有三分钟时间，直到栾成杰心神不宁地左顾右盼起来。

“栾成杰，你是怎么杀死唐燕的?”付永强用并不大却极具穿透力的声音直逼栾成杰。

栾成杰的身子不由自主地向上一弹，与此同时，罗永健不失时机地向他面前的桌子“啪”地甩过一摞照片。

这个问题是栾成杰从来未曾想到的，他抓过照片，眼睛直直地盯着照片上的唐燕，仿佛要透过照片看清楚她的每一个毛孔似的。

映入栾成杰眼帘的唐燕身形和衣着打扮都与其最后一次见到的无异，只是双目紧闭，头发散乱，嘴角还有依稀的血迹。

“不，不可能!”，栾成杰歇斯底里地叫到:

“谁杀死的她?!在哪里杀的?!”

“这就要问你了!”罗永健俯身走近栾成杰，一字一顿地说:

“是为了杀人灭口吗?”

“不！不是我杀的！”方寸大乱的栾成杰急不可耐地争辩：

“我那天送走她后就再也没见过她，怎么可能杀她？”

“你没见过？那她是怎么死的？”

“我不知道！我真没杀她！不信你们可以问我那个朋友，我只是让她去那边打工。”说完，栾成杰低下了头。

栾成杰知道，要摆脱杀害唐燕的嫌疑，必须要抛出一些无关紧要的东西，他供述了国庆那天送唐燕出走的情况细节。

唐燕曾经是他手上的一张牌，她不仅为他拉一些人下水，还和自己保持着不清不楚的关系。所以干掉乔南山后，“阿力”暗示处理掉她的时候，他有些不忍，还打发了一些钱给她，让她出去避避风头。现在既然唐燕已经死了，那就对自己也没什么威胁了，突然间，他竟有了如释重负的感觉。

“现在说说吧，你是怎么安排他们去杀死乔南山的？”

“乔南山不是自杀的吗？怎么又成我安排的了？”栾成杰又恢复了初来时的状态。

“那你为什么要安排唐燕离开滨州呢？”罗永健接着说道：

“难道你还想狡辩？你不知道刘来宝也被我们抓获了吗？告诉你，抗拒是没有出路的！”

栾成杰略微一愣，随即又故态重拾，既然到了这步田地，那就死马当作活马医，他振振有词地说：

“宝娃这种混混的话你们也信？我还说他强奸人家了呢，那为什么还是被你们放了？”

“善有善报，恶有恶报，不是不报，时候未到！”一股无名的火气直冲付永强的脑门：

“看来你今天是不打算坦白交代了？”

“我没什么可交代的，我要见律师！”栾成杰抛出了他的杀手锏，把头扭向了一边。

“这个人渣，真想上去扇他两个耳光！”从看守所出来，付永强恨恨地说。

“哈，那你就变成纪委或者我们检察机关的调查对象了！”罗永健调笑道：

“不知道人家多高兴呢！”

“永健，说真的，现在我们侦查机关办案真难，案子不破，老百姓有意见，审讯嫌犯话说重了都不行，运用一点谋略还可能被说成‘欺骗’‘引诱’，当作非法证据予以排除”，付永强摇摇头苦笑着说：

“你说与罪犯作斗争能和绘画绣花一样吗？真不知道那帮人是怎么想的！”

罗永健靠近付永强，伸出一支手搭在他肩上：

“伙计，看来我们俩都需要提高思想觉悟了，这也许就是社会进步的必然吧。除了提高自身的素质和能力，我们还有别的路可走吗？别忘了，我们眼下最迫切要做的是什么？”

“马上找到唐燕”。

“对！”罗永健与付永强四目相对，会心一笑。

二十二

栾成杰被抓后，李荣武再也坐不住了，除了杀害乔南山，他不知道栾成杰还干了些什么出格的事，自己的事，他看透了多少，会不会都和盘托出。对他，李荣武实在说不上有底，必须了解到相关情况，并想办法阻止他信口胡说。

李荣武找到张运畅，希望利用律师会见的机会摸清楚眼下的状况。

信息很快反馈了回来，虽然有刘来宝的指认，到目前为止，栾成杰还没有承认指使杀死乔南山的事实，其他的问题，审讯中暂时还没有涉及。

还好！李荣武暗自松了口气。但他还是不敢掉以轻心，他不断地在脑海里搜寻有栾成杰参与事项的细节，逐一分析过滤。这些年他利用职务上的便利为栾成杰提供过一些帮助，但大多是心领神会或他自己的操控运作，与他扯得上干系的几乎没有什么。

对于那件事情，栾成杰知道多少？他能够窥透里面的玄机吗？想到这里，李荣武心中不禁一阵发虚。

这些天，妻子栾成英一直不停地哭闹。杀人可是死罪，兄妹连心，更何况栾家一直靠她弟弟支撑着，她能不急吗。

“都什么时候了，你怎么还不去找找人？”

李荣武知道栾成英让他找的人是谁，从法庭出来到现在，他都没有联系上他。回想起以前亲密交往的日子，李荣武不胜感慨，人在走下坡路的时候，抓到的什么都是虚的，这和银行媚富拒贫的贷款法则何其相似！

所以，当他面对妻子栾成英这些天日渐憔悴的面容的时候，也不禁有些愧疚和心疼。保住栾成杰就是保自己，也是保住这个家，这点是毋庸置疑的。

他首先想到了阿力，可以说这个人在包括栾成杰在内的外人眼中是神秘的。形式上，他只是世纪风开发公司的一个普通职员，甚至没有什么具体职务，负责一些隐性事项的接洽和关键环节的把握，与栾成杰的夜总会和建筑公司也只是一些不上桌面的合作，但李荣武知道，在许多事情上阿力就代表着老领导的意思，这是他已多次巧妙地印证过的。

也许找到阿力就可以避开大众视线，接上与老领导的联系，这在他目前的处境下非常重要也十分不易。

可是，阿力的电话却怎么也无法连通，他预想了各种可能，都没有合理的解释。难道，他也处在不方便之中？李荣武陷入了困惑和郁闷之中。

看来，只有在合适的时候另谋他法了。

栾成杰被抓，几乎是张运畅意料之中的事情。

在张运畅心中栾成杰不是什么好鸟，由于和李荣武的特殊关系，以及可能对李荣武案走向的影响，他又不得不关心栾成杰案的进展。因为不能同时代理两个关联的当事人，他把栾成杰案件委托给了与他合作最密切的朋友。

从反馈回来的情况看，暂时要定栾成杰指使教唆杀人，证据尚不充分。

他告诉朋友尽快再次会见栾成杰，要让他明确地知道这点。

二十三

按照栾成杰提供的地址，付永强他们很快在广东汕头找到了化名“小翠”的唐燕。

唐燕对十月一日晚上栾成杰派她去乔南山家下迷药的事供认不讳，除此之外，她还交代了栾成杰多次指使她扮演清纯少女拉人下水的经历，乔南山只是她拉下水的相关人物之一。

唐燕与一般的风尘女子不同，看着比二十八岁的实际年龄要小许多，外表给人以清纯洁净的感觉。如果不是案件事实摆在那里，很难把她和一个曾经将许多人物拉下水的妓女联系起来。即使是在审讯的时候，她叙述事实的语气表达，很容易使人感到她的可怜和无辜。

可就是这个看起来十分无辜的娇弱女子却参与杀害了举报人乔南山，在她给乔南山下迷药的时候，乔南山都没有半点的防备。

看来，人真是不可貌相。

当唐燕活生生地站在栾成杰面前时，如果不是囚椅上的手铐，栾成杰差点就从椅子上跳了起来，他完全不敢相信自己的眼睛！她不是已经死了吗？这是怎么回事？栾成杰的脑子顿时一片空白。

“栾成杰，现在该坦白交代你的罪行了吧？”说完，罗永健目不转睛地望着栾成杰。

“不！不可能！我要见律师！”栾成杰感到绝望，他用大声的呼叫来抑制内心的恐惧。

“会让你见到律师的，不过，那是在宣布你被逮捕之后！”随即，罗永健从手包里拿出一只袖珍录音笔在栾成杰眼前一晃：

“还认识这个吗？”

是的，眼前这个东西栾成杰再熟悉不过了，就是这个小小的袖珍笔，他让唐燕把不下十个相关人员拉下马并玩弄于股掌之中，为其追求的利益大开方便之门。栾成杰不禁冒出了冷汗。

“想不想听听？”罗永健轻声说，同时打开了录音机的开关，一段对话清晰地回响在房间。

“这个婊子！”栾成杰差点就骂出了声，没想到她居然把这招用在了自己的身上！冷汗一阵接一阵地直往外冒，完了，完了！栾成杰知道，现在就算律师在场也无法替自己开脱罪责，顶多也就是设法从轻处罚，保住自己这个七斤半重的脑袋。

“说吧，你们为什么要杀害乔南山？”见时机成熟，罗永健示意旁边的干警准备记录。

在铁的事实面前，栾成杰不再顽抗，为了表明悔罪态度，他交代了唆使刘来宝和唐燕杀害乔南山并制造乔自杀假象的经过，但把责任基本推到了那个叫阿力的神秘人身上，他辩解只是一时气愤才这样做，他的作用就是替阿力安排了两个人。

这当然不是事实的全部，罗永健明白，揭开栾成杰唆使刘来宝和唐燕杀害乔南山的真相只是整个战役取得的初步胜利，要揭开乔南山被杀案件的全部真相还需要做大量艰苦细致的工作。

阿力是谁？他在乔南山案中到底扮演怎样的角色？杀害乔南山的真正原因是什么？这与李荣武受贿案又有怎么样的关联？阿力的背后还有谁？这一系列问题，都需要找到真实可信的答案。

罗永健将情况向王海川进行了详细的汇报，同时提出了下一步利用栾成杰急于保命争取立功的心态，彻底击垮其侥幸心理，将案件引向纵深。

二十四

参加完案件讨论会，肖远林的心情忽然变得有些轻松。他知道，乔南山被杀案的真相正逐渐浮出水面，那些被表象掩盖的事实，那些凶杀案后的隐情正被一系列的脉络一一串联起来，他憋在心底的那股窝囊劲儿终于也可以发散了。

这段日子，社会舆论对检察机关的质疑不绝于耳，报刊电视，尤其是网络，不少的鞑伐之声，给检察机关带来了巨大的冲击。李荣武案同时受到查处的相关人员，甚至一些早期被查处审判了的罪犯也都卷土重来，纷纷到法院申诉，要求重新审理。

肖远林知道，要遏制住这股浪头，除了对这些案件依法予以回应之外，还原李荣武案件真相，才能正本清源。今天的案情分析会让他看到了希望，他在心底有些佩服罗永健他们的韧劲，为他们取得的进展感到欣慰。

好些日子没有问候过大洋彼岸的妻子林娟了，肖远林打开电脑，却发现“过眼云烟”的“狐狸”头像在不停地闪动：

“博士，在吗?”

“在吗？博士。”

“喂，喂，喂!”

三次留言都是不同的日子。

肖远林忍不住摇头笑了笑，这不像那个矜持俏皮的“狐狸”呢，出于礼节，他还是发了杯“咖啡”过去，并随口问了句：

“怎么了？遇见追兵了吗?”

“就是遇见了追兵，你这个大男子，也不知道英雄救美!”她居然在。

他们平时很少开玩笑，但经历过上次聊天，肖远林看到了她理性之外的脆弱，所以说出这样的话来，他倒觉得似乎在情理之中，再加上今天心情不错，于是也玩笑着问：

“那你说我怎么救?”

“如果我被人追赶，你会不会救我?”

“被人追赶？好人还是坏人?”

“追我的人，会是好人吗?”

“你今天又想和我玩什么花样？不会是遭遇情感危

机了吧？那我可救不了你！”

“过眼云烟”停了一会儿，想起了什么似的：

“说真的，你看过《末日审判》吧？”

“圣经故事？怎么想起问这个？”

“你说这个世界上，是不是所有的灵魂都需要忏悔？都需要接受上帝的审判？”

“我不信教”，肖远林没有正面回答这个问题，想了想他还是表达了自己的观点：

“这个世界上没有完人，如果谁说自己是，那也只是虚伪的标榜，造物主在制造人这个生物的时候，无一例外地植入了欲望，没有欲望的人就不是真正的人。”

“那你觉得是不是真诚地忏悔就可以得到圣灵的原谅？”

“呵呵，我真不懂宗教，但我想其实所谓圣灵的原谅，也不过是求得自己内心的安宁吧，你信教？”

“以前不信，最近看了看圣经，觉得有些意思，人的灵魂总是应该找到皈依的！”

“那你有什么需要忏悔的吗？”肖远林幽默地调侃。

“有！比葛优在北海道的忏悔都还要多，但我担心听完我的忏悔，听的人又到哪里去忏悔？现实社会里，谁是圣父？谁是裁判？又有谁有资格去审判别人呢？”

“过眼云烟”的一连串问题，让肖远林一时有些蒙，但他毕竟是优秀公诉人，在分析对方思维的同时，巧妙地来了个太极推手：

“其实，每个人的内心都有一个属于自己的心灵裁判，正所谓‘不求天方地正，但求无愧于心’，一个有资格裁判自己的人也有资格评判别人，比如，你现在也有资格裁判我啊。”说完，还附带着发了一个抖动的笑脸。

从与“过眼云烟”这半年多的聊天中，肖远林明显地感受到对方风格和情绪的变化，如果说以前对她的感觉是机智风趣、才思敏捷的话，那么最近她一定是走入了某个狭巷，变得茫然踯躅还多愁善感。是什么使她变成这样的呢？肖远林结合最近两次聊天的情况，隐约感受到似乎与滨州、与李荣武案件有着直接的关联。难道对方真是滨州人？甚至还和李荣武有着什么联系？肖远林揣测着各种各样的可能，不觉陷入了沉思。

“对不起！”“过眼云烟”似乎也觉察到了自己的失态，接连发来一杯咖啡和一个笑脸：

“我丝毫没有贬低法律价值评判的意思，但凭心而论，法律真的能够在多大意义上实现公平正义？尤其是在惩治腐败方面，被打击到的是实际存在的多少分之一？是不是没被打击到的就属于运气好，点子高？”

肖远林没有急着回应，他知道，这个时候和她说法律的规制和威慑是没有多大用处的，道理对方懂得并不比自己少，之所以这样，大抵与心情有关。他发了个微笑过去，静待对方倾诉。

“其实，我也从事着与法律相关的工作，曾经对法律深怀敬意，但法律的表现却往往使人失望，我们经常以公平和正义的守护者自居，而最终守护的仅仅是一种得不到人们内心广泛认同的秩序；秩序并不能代表公平。”

“过眼云烟”意犹未尽，今天她好像并没有和肖远林探讨辩论的意思，只是把他当作发泄的管道。她歇了歇继续说道：

“说打老虎，老虎早就成了珍惜动物，不仅有锋利的牙齿和爪子，还有被保护的‘笼子’，真正的老虎，你们动得了吗？相对来说，这对于那些被你们打掉的老鼠蟑螂或者獐鹿熊豹怎么算公平吗？”

“那你说，我们该怎么办？”见对方发泄得差不多了，肖远林试探着问：

“难道李荣武不算老虎？”

“他算老虎？充其量算只猫，还是那种没有牙齿和被剔除了爪子的玩具猫！”

“为什么没有牙齿和爪子？”

“你看过他的简历，一不是出身仕宦，二不靠裙带攀连，三不搞媚上欺下，全凭自己的努力和能力一步一步走到领导岗位，这样的人能够和那些投机钻营、不学无术的贪官污吏相提并论吗？”

从对方的态度和语气里，肖远林基本可以判定“过眼云烟”与李荣武一定有着丝丝缕缕的联系，甚至还可能是亲密的关系，但她为什么会找到自己？或者从一开始就是奔李荣武案而来？他不禁感到一丝寒意。幸好，自己一直坚持着谨慎的职业习惯，此刻，好奇心驱使着他想要弄清楚对方究竟是谁，想要怎么样？

“可以告诉我你究竟是谁吗？”

“会告诉你的，不过不是现在。”

“为什么不是现在呢？”肖远林发了个龇牙的笑脸过去，他想缓解一下紧张的情绪：

“交流这么久，我们也算是朋友了吧？”

“是的，要不我也不会和你说那么多！其实，我也知道，我的有些话有很重的情绪，观点也有些偏颇，”顿了一会儿，“过眼云烟”发来一张握手的图片和一段字体变大了的话：

“感谢一直以来你的倾听和包容！”

这才像原来那个知性娴雅的“过眼云烟”嘛！肖远林心中竟情不自禁地生出几分怜惜来。

二十五

寻找阿力比原本想象的要复杂许多，在“热带风情”别墅外等待蹲守十多天一直没有再发现人员从隐蔽通道进出，而通过在滨州世纪风房地产开发公司“世纪花园”项目的侦讯中得知，阿力已经很久没来过滨州了，据传他在云南的一次车祸中已经被烧死。

真有这么巧的事？刑警队通过内部协查，半月前确实在云南的昭通地区发生过一起车祸，“世纪风”房地产开发公司的一辆路虎车在一个急弯处翻下两百米的悬崖并发生燃烧爆炸，车上一人被烧成了只有几斤重的焦炭。“世纪风”开发公司证实死者就是靳力，也就是被人们称作阿力的人。

“真是太巧了！”得知情况，罗永健不无疑惑地问付永强：

“能够确定死者就是靳力吗？”

“云南方面出具的交通事故调查报告是这样写的，我们还在联系调取相关的详细资料，但要完全弄清情况，估计还得用些时间。”

罗永健明白，这绝对不是一起普通的交通事故，事故是怎么发生的？靳力死没死？这些都需要进一步查证。如果不是事故，那是谁布的这个局？这背后一定有一只能量巨大的手。而让靳力消失也必然隐藏着巨大的玄机。既然是成心布局，那就一定会做足功夫，短时内要查清靳力的去向，困难是不言而喻的。

为今之计，迅速找准薄弱点突破栾成杰是最佳的选择了！

再次提审栾成杰，他的态度比以往有了大幅度改变，脸上堆着谦恭的笑，早没有了以往的刁蛮和跋扈。但罗永健还是从他的眼神里，隐隐地读出了静观其变的等待和得过且过的侥幸。

“栾成杰，你想过自己所犯罪行的严重性吗？”罗永健盯着栾成杰用平静的语气问。

栾成杰仰头望了望罗永健，嘴角微微地抽搐了一下，随即又低下了头。

“‘欠债还钱，杀人偿命’这句话你不陌生吧？这些天你有没有认真想过自己的出路在哪里？”

栾成杰再次抬起头，看着态度十分温和的罗永健，轻轻叹了口气说道：

“我知道自己罪孽深重，这些天管教也告诉我坦白立功可以减轻罪行，可我有什么功可立呢？”

罗永健知道，就栾成杰在李荣武受贿案件和乔南山被杀案中的关系和目前侦查所掌握的情况来看，他对几个关键的事项应该是知情的，但由于他本人身处其中也难脱干系，所以不会轻易和盘托出。罗永健没有急于求成，而是继续和颜悦色地说：

“立功可以减轻处罚，坦白也可以从轻处理，首先你得如实交代罪行，细节和过程都不能有半点隐瞒，这是争取宽大的前提，你明白吗？”

“我明白，知道的情况我都如实地交代了，我也想争取政府的宽大处理。”

“真的吗?”罗永健收起脸上的笑容，态度严肃地问。

“是真的，”栾成杰感受到了罗永健态度的变化，接着又嗫嗫地说：

“如果有哪些不细致和不准确的地方，你们可以指出来，我一定仔细回忆认真配合。”

“好吧，”罗永健从公文包里拿出两张照片：

“你先说说，这是怎么回事?”

栾成杰接过照片，眯眼佯装仔细查看，心里却七上八下。其实从第一眼开始，他就知道是怎么回事儿了，为李荣武捏把汗的同时，他迅速地思考该如何应对。

“谁拍的?好像还有我在?我怎么没有多大的印象啊?”

罗永健没有直接回答，只是用微笑的眼神看着栾成杰。

过了一阵，栾成杰像忽然想起似的，一拍脑门：

“我想起来了，这个是在长江大桥引桥工地上拍的，当时在工地上挖出了一些破瓦罐什么的。”

“哦?你仔细看看，只是些破瓦罐吗?”罗永健依然保持着先前的微笑。

“我，我也不大懂，听说好像是文物，有些瓷器和铜器，还有，还有一些玉器什么的。”栾成杰犹豫地说，一边用眼斜睥着罗永健。

“那这些东西现在在哪里？”罗永健不觉加重了语气。

“应，应该在阿力手上吧。”栾成杰神情闪烁着回答。显然，栾成杰知道东西的去向，却似乎在顾虑着什么。

“好吧，你再仔细想想，如果你想要保全自己的性命，想得到法律的从轻处罚，你知道该怎么办！”罗永健留下一句话，与付永强匆匆地离开了看守所。

照片里到底是些什么文物？为什么这些文物会在长江大桥引桥工程下面？这是他们眼下急需解决的问题。

二十六

省委巡视组又来到了滨州，组长汪元凯点名要公检法三长及纪委书记参加座谈。

会议听取了李荣武案件的汇报，巡视组希望市委明确表态对李荣武的处理意见。

“关于对李荣武的处理，市委将依据李荣武案件的最终结论进行研究，同时也会报请省委批准。”市委书记聂正堂委婉地回答。

“李荣武案件不是已经有结果了吗？”汪元奎望了望聂正堂又盯着法院院长黎晓枫问。

黎晓枫接过话头：

“是的，从法律程序来看，李荣武受贿案被判无罪已经生效，至于还有没有别的问题，是否违纪，应不应该受到其他处分，得看相关部门的意见。”

“汪组长，有个问题，李荣武的内弟栾成杰目前涉嫌故意杀人，正在接受公安机关侦查，恐怕这个时候草草结案还为时尚早。”王海川向汪元奎解释道。

“哦？那有证据证明李荣武也参与了吗？”汪元奎看着刘云峰局长问。

“目前没有，但栾成杰涉嫌杀害的是李荣武受贿案的举报人，这有点特殊。”

“当然，如果真有牵连，该查的一定要一查到底，但我们是共产党人，要坚持实事求是，不能搞无原则的株连。”

临近中午时分，市委办公厅主任匆匆进入会场在聂正堂书记耳边低语了几句，聂正堂书记立即站了起来神情凝重地对大家说：

“出现了点紧急情况，长江四桥引桥工地出现垮塌事故，有几名施工人员下落不明，我得马上去现场看看。”

随即，聂正堂书记对主任说道：

“马上通知建委、安监的同志赶到现场。”

“还有，”聂正堂望着王海川：

“海川，你也一起去看看！”

长江四桥工程动工有半年多时间，引桥已接近完工，垮塌现场一片狼藉。

先期赶到的消防人员正在展开救援，已经搜寻出三具尸体，还有两名重伤人员，救护车的警笛不断鸣响。

“到底是怎么回事？”聂正堂查看完现场，指挥安顿好伤员后叫来建委主任问道。

“聂书记，就现场坍塌的情况来看，初步判定是桥墩施工质量出现了问题，但究竟具体出在什么地方，得等专家鉴定！”

“质量问题？是哪家施工单位？你们是如何监管的？”

“是宏达建司，挂靠的省路桥公司，关于施工质量，我们的质监部门半年前就提出过整改措施，并且已多次勒令他们停止施工。”

“那为什么还会施工？是谁同意的？”

“当时是李荣武副市长分管，李市长指示为了保证元旦前完成引桥工程让施工单位边改边建。”

“嗨！你们哪！”聂正堂把手挥到空中，又急急地放下：

“就知道唯命是从，不知道自己的职责！”

说完，聂正堂把头转向王海川：

“检察机关要立即介入调查，对于渎职失职的要予以坚决的查处！”

听完市委关于引桥垮塌事件情况的汇报，巡视组汪元奎沉默了足有几分钟，他的脸色由红转青又由青转白。

在反复询问了垮塌原因及过程细节后，他显得十分激动地说：

“胆子太大了！我们的一些领导干部，盲目追求政绩，完全无视人民群众的生命财产安全，这哪里还像是共产党的干部？对于这样的人，我们绝不能姑息！”

汪元奎用凛然的神情环顾了一圈参加会议的人员，然后说道：

“对于滨州的总体工作，我们省委巡视组是充分肯定的，这点我们要向省委进行客观的汇报，关于这个事故，你们一定要妥善处理好，不留‘后遗症’。对了，对于李荣武，我建议要彻查他在事故中的责任，进行严肃的处理！”汪元奎显得十分沉痛地说：

“功过是非不能相抵，实事求是是我们共产党人的最大本色！”

二十七

文物专家查看乔南山保存的那些照片后，给出了颇让人感到意外的结论，照片上的文物，大多像是清宫廷流失出来的，据零星的资料记载，这些文物极有可能是慈禧的陪葬品，1928 年被军阀孙殿英盗掘后散落于海内外。尤其是其中几件，很像是陪葬慈禧的玉瓜和青花瓷，价值大都在百万元以上，有件红珊瑚如意，甚至价值近千万元。

这些文物怎么会流落到了滨州？这在史料上并无记载。不过，有一点是肯定的，长江四桥引桥工程垮塌的位置，八十年前曾经是滨州最大军阀的别院。这些文物会不会是因为两个军阀之间的“暗中交往”而流向了滨州？

罗永健将自己的疑问和想法向王海川作了汇报，他把下一步侦查的重点放到了这批文物的来龙去脉和与李荣武、栾成杰的关系上。

罗永健再次提审了栾成杰，栾成杰承认这些文物是施工单位挖基础时从宅基地里挖出来的，同时挖出的还有两口大缸。栾成杰安插在施工单位的‘暗桩’把情况及时通告了栾成杰和李荣武，李荣武以保护国家文物的名义封存了这些文物，并报告了省委的领导，那个叫阿力的还带来两个“省文物局”的同志一起来查看和清点了文物。

“那这些东西你们是怎么处理的?”罗永健问。

“我不知道，东西都由阿力和文物局的人带走了。”栾成杰敷衍道，其实他知道李荣武直接参与了文物的处理，甚至他本人还得到了两件小东西，一个鼻烟壶和一串佛珠，阿力带来的那两个人，也未必真是文物局的。

“你上次不是说就是一些破瓦罐吗?看来你还是不想说实话了?”

“确实也有不少的破瓦罐和瓷器，大多已经破碎了，应该被登记造册了的。”栾成杰说完用十分“诚恳”的眼神望着罗永健，头还公鸡啄米似的点着。

“李荣武老家的房子你有替他维修过吗?”罗永健联想到祝阳曾经汇报的一个情况，忽然试探着问。

“简单地修过几次，钱是李荣武自己出的，活儿是我让手下的施工人员去弄的。”栾成杰搞不清罗永健问话的意图，有些茫然地回答。

“那他家的猪圈呢?是你替他们翻修的吗?”

“猪，猪圈?没有啊，而且他们家好像也没喂猪，也就养了几只兔子。”

问题的答案渐渐清晰，罗永健让栾成杰下去继续回忆相关细节，自己则与付永强分头向上级汇报情况，确定下一步工作。

看来，是时候采取进一步行动了！

听完罗永健的汇报，王海川立即召集“1001 案”督导组成员与分管检察长开会。经过对前一阶段工作的详细分析，大家一致认为乔南山被杀案与文物贪污案有着直接的关联，而引桥垮塌案中李荣武也存在严重渎职行为。会议决定报经省院同意后由反贪局对李荣武涉嫌贪污和滥用职权立案侦查，并及时对一些关键的地方进行搜查，力争尽快找到证物。

二十八

长江四桥引桥的垮塌，在滨州无异于引爆一颗核弹，其冲击力是可想而知的。报刊、电台，电视、尤其是网络给予了大量、高频率的关注。甚至还引发了工程与腐败、质量和责任的激烈讨论。人们在痛惜生命瞬间逝去的同时，强烈要求惩办草菅人命的管理者和严重失职的腐败官员。

而处在这场核爆中心的，毫无疑问是李荣武。

如果说以前他对自己的东窗事发还觉得是命运不公，运气欠佳，多少有些怨尤委屈的话，那么这次引桥垮塌则让他跌入了追悔自责和懊恼惶恐之中。甚至对自己这些年的是非功过、成败得失都不得不进行重新的审视和评价。

原本以为老领导暗示关照的宏达建筑公司是可以信赖的，在设计相对保守的情况下，引桥质量应该不会存在大的问题，至少不会危及到使用安全，但现实结果却给了自己一记响亮的耳光，不，应该说是致命的一刀！

从走出法庭到现在，李荣武经历了希望、等待、忐忑、焦虑、失望的过程，而现在他已处在绝望的边缘。

栾成杰出事以后，虽然李荣武也曾十分惶恐，担心他会牵扯出自己的什么问题。但自问在乔南山被杀案中，不管栾成杰出于什么目的参与其中，毕竟自己既没动机也没授意。而对于张运畅干练的辩才和极强的斡旋能力，李荣武很有信心，加之，凭自己多年来与老领导的关系，只要时机合适，他不会对自己的事不管不问。

可是现在，长江四桥引桥的垮塌，再次将自己推上了滨州的风口浪尖。

为什么会这样呢？难道自己真是命运多舛吗？李荣武怎么也想不通，二十多年来，自己一直谨慎小心，兢兢业业，也曾抵制住过无数次的诱惑，直到现在，自己最在意的母亲和妹妹，都没得到很好的安顿，女儿出国留学还向栾成杰借了一大笔钱。可为什么最后会在自己信任和尊敬的人身上栽这么大的跟头呢？

他好想回到过去的时光，回到第一次收受他人钱物之前，尽管清贫，但却内心充实。

近段时间，李荣武无数次地回忆起几年前第一次接受电视台专访时的情形，那时的他睿智干练，踌躇满志。那种从内心流淌出的自信和骄傲，使他随时都散发出昂扬的锐气和蓬勃的朝气。也带着一种让人自然而然倾慕与敬仰的气场。采访让李荣武认识了她，也让他从另外一个角度体验到了欣赏与被欣赏、关爱与被关爱交融互动的神奇魔力。

入仕之初的李荣武曾经秉持“修身齐家治国平天下”的传统理念，不屑与一般的达官贵人或者富商巨贾为伍，除了勤勉工作，几乎不参与那些无谓的应酬，业余时间看书习字，偶尔与志趣相投的朋友一起切磋交流学习心得。他最大的乐趣就是看到自己出色的工作成果，暗自品味由此所带来的称道与赞许，也十分惬意地享受闲暇时节与二三好友“琴瑟和鸣、挥毫泼墨”的淡雅情趣。

随着地位的不断变化，李荣武身边各种人物以不同的方式向他示好，对于那些露骨的献媚和权钱交换的邀约，他毫不留情地予以抵制回绝。对于一些因为种种原因没有拒绝掉的“尊重”和“礼尚往来”，他也以自己特殊的方式让其各得其所。这些年他以匿名形式捐助希望工程的款项不下十万元，他也想要保持自己内心的纯净。

生活又是现实的，在和她走近后，在感受生活魅力的同时，他也偶尔为自己的心有余力不足而感到有些失落和懊丧。与她一起几年的时光里，除了对他的欣赏和关切，她几乎从来没有提出过什么要求，滨江路 13 – 2 的房子和她使用的那辆低端轿车都是她自己购买的。相比那些因为面容姣好而天经地义地拥有财富的“神女”们来说，她与李荣武的这几年甚至算是生活在“清贫”中。由此，李荣武常常生出对她的愧疚之情，甚至每次走进滨江路的那套房子，他都会情不自禁地产生自己不像一个男人的想法。

世事真的很奇妙，生活中无时不在地衍生着许多悖论，那个因为清高正直而被欣赏的优秀男人，却因为她的欣赏而要去改变自己一贯的清高，丧失正直甚至最后走向反面。

这些年，李荣武内心的变化悄悄地左右着自己的行为，虽然他依然反感那些赤裸裸的权钱交易，也和阿谀之徒保持着适当的距离，但他没有再用匿名去捐助过希望工程，对一些没有利害关系的拜年和红包，也没了以往的“泾渭分明”。他的脑海里，除了想让这个爱着自己的“她”过得更好，也经常想起年迈的母亲，多病的妹妹，还有一心想要出国留学的女儿。他越来越觉得自己的收入太低，低到无法满足一个正常男人维持尊严和礼仪的基本需要。

李荣武人生的天平悄无声息地发生了倾斜。

他也十分珍惜自己的政治生涯，不会为了钱而无原则地葬送自己的前程，实际上，这些年他在面对利益诱惑时经常处在内心矛盾的煎熬之中。

李荣武明白，自己的仕途能够一帆风顺，除了遇上一个好的时代和自己勤奋踏实、聪明能干之外，也得益于组织的培养和领导的赏识。在他的心中，组织从来就不是一个抽象的概念，而是一群人，是一个以领导为核心的群体。

李荣武从一个普通的办事员到局长再下派到区里担任区长，每一步都有他十分敬重的这个领导的关怀。这个领导也因为有魄力、能干事、善带人，从市长、书记，一路高升到省里。在李荣武的心中，他们的距离一直没有因为空间的改变拉远，他对这位领导的信任和依赖，成为他仕途发展，甚至是人生航行的一种习惯。

一年前，长江四桥工程施工招标，老领导通过阿力推荐宏达建司承揽了引桥工程。因为有挂靠省路桥公司这个一级施工单位的牌子，宏达建司顺理成章地拔得头筹，顺利中标。

在面对宏达建司负责人巨额“感谢”的时候，李荣武虽也有矛盾和推辞，但却没有对待以往相同情况的警惕和力拒，他甚至把它当成了领导的褒奖与犒劳。

在这种自我麻痹的心态驱使下，他的“原则”逐渐变成了没有灵魂的躯壳，甚至在后来的文物“发现”和“保护”过程中，面对巨大的诱惑，他丢开了自己以前一直引以为傲的清高，与阿力合演了一出“双簧”，让价值数千万元的文物成为他们的囊中之物，用一些破碎的瓦罐和一些价值不高的青铜器来了个“狸猫换太子”。他知道那些文物的价值，一个港商朋友曾经愿意以一方市价百万元的金砚台换一个“玉瓜”。

量的积累，必然带来质的改变，李荣武在“感恩”“信任”的自我麻醉下实现了他的堕落。手中的这些文物让他一夜之间成为潜在的“有钱人”。

而后来，这些宝贝却成为自己捧在手心最烫手的“山芋”。

屋漏偏逢连夜雨，引桥垮塌事件犹如魔鬼之手在寂静的夜里忽地发出大片惊骇之声，列缺霹雳，丘峦崩摧！

李荣武的世界到了崩溃边缘！

二十九

2013 年元旦将近，市委书记聂正堂召集王海川、刘云峰以及滨州市检察院、市公安局各相关人员召开了案件分析会。会上，王海川与刘云峰局长就“1001”案和引桥垮塌案进展情况向聂正堂书记作了详细汇报。聂正堂书记要求检察院和公安机关进一步加大力度，全面出击，力争尽早结案，给全市人民一个交待。

反贪局和刑警队按照各自的职能分工开展了全方位的调查取证工作，同时也加大了对栾成杰、刘来宝、唐燕及其相关人员的审讯力度。

“1001”案的脉络逐渐清晰，随着对引桥垮塌案调查的不断展开，李荣武在其中的反常行为与乔南山照片中的文物走向也如显影液中的胶片一样露出了淡淡的轮廓。

12 月 31 日傍晚，罗永健带领的搜查组在李荣武老家猪圈的基石下挖出了照片中的部分文物，一个鎏金香炉、三只玉瓜、两个青花瓷酒壶及一些零散小玉器。

王海川指示：马上邀请专家进行鉴定，待结论出来立即拘捕李荣武。

滨州，2013 年元旦前夕，对于奋战了将近三个月之久的干警们来说，空气中弥漫着一股紧张亢奋的气息。

这股气息也悄无声息地飘进了李荣武的那幢小楼，只是他嗅到的是恐惧和绝望。

晚饭后，李荣武神情焦灼地在房间里来回走动，第六感告诉他今天似乎有什么事情要发生。栾成英在一旁用力地拖着地板，时不时用眼睛扫视李荣武，边叹气边嘀咕：“哎，也不知道成杰怎么样了！”

夜幕伴随着李荣武灰暗的心情悄悄降临，终于，老家的堂弟打来电话：下午检察院搜查了半年前翻修过的猪圈！

李荣武举电话的手停在半空，身子不由自主地滑坐在沙发上。他呆滞的目光仰望着天花板，几次想要站起来，腿脚却不听使唤似的，没有了站起来的力量。

过了半晌，李荣武拿起电话，拨通了那个熟悉的号码。

“谁呀?”电话那头传来冷冷的声音，仿佛来自另外一个星球。

“我，我是荣武。”

“嗯，有事吗?”

“没什么，很久没有给您电话了，就想问候一声。”

“嗯”，电话那边依旧是淡淡的一声，没有了下文。

半分钟后，听筒里传来了“嘟嘟”的忙音，李荣武再次瘫坐下去。

也不知道时间过去了多久，李荣武一直呆呆坐着，卧室那边，栾成英断断续续的叹息渐渐转换成了细密均匀的鼾声。

李荣武试着站起身，忽然觉得身子轻飘飘的，脑子也变得空灵。他慢慢地走进旁边的书房。

打开许久没有动过的书橱，李荣武一件一件地翻看以前淘回来的书册，又一一摆放整齐，麻木的心中竟似有股细流在缓缓流动。他的目光落在了一本精致又有些陈旧的相册上，拿起一页页地翻开，女儿不同时期纯真的笑容，不断地跳进他的眼帘。

多么幸福的时光！原来以前那些单纯的日子是那么美好，李荣武干涩的眼睛渐渐湿润。

回不去了，再也回不去了！

那些七彩斑斓的时刻，那些其乐融融的时光，那些平淡却充满希望的日子，一切都如梦中！

“腐败分子！”“罪犯”各种各样尖利的声音和鄙视、轻蔑的目光，李荣武不敢想象。

他打开书橱旁边的保险柜，从最里面拿出一只皮面本子轻轻翻开，那是近三个月以来他最隐秘的内心世界，扉页上有两个自己用双线描绘的隶书大字“心路”。

窗外，天已蒙蒙发亮。

李荣武换上那套深蓝色西装，走出家门，叫住了一辆出租车。

“去哪里？”

“太白岩。”

三十

李荣武跳岩自杀在滨州再次掀起轩然大波。

人们联想到几个月来滨州发生的各种状况，纷纷揣测着其中的原委，大多数认为李荣武是因为长江四桥引桥垮塌畏罪自杀，也有人说是因为巨额贪污受贿再次东窗事发而自杀，甚至还有李荣武不是死于自杀，是被杀后推下太白岩的传言，各种各样的小道消息不胫而走。

滨州看似平静的江面下暗流涌动。

滨州市委及各相关单位不断召开紧急会议，稳定人心，处理各相关事宜。

一个月后，栾成杰、刘来宝、唐燕相继被检察机关提起公诉；宏达建司总经理因涉嫌重大责任事故罪和行贿罪被依法逮捕。

滨州市官方微博发布消息：李荣武因涉嫌受贿、贪污以及滥用职权犯罪畏罪自杀。

滨州，似乎又恢复了以往的平静。

这天傍晚，正和罗永健一起散步的肖远林忽然接到一个本地座机打来的电话：

"肖处长吗?"话筒那边传来似曾相识的女声。

"是我，您哪位?"

"我是电视台的谢小艺，"对方的声音忽然变得很细很轻：

"有个东西交给你，是李荣武的。"

肖远林楞了一下，问：

"李荣武的？什么东西?"

"一个本子，笔记本，我想你们也许会需要!"

……

追 踪

ZHUIZONG

背景

开笔的时候，一直很纠结。题目究竟用《迷案追踪》《万里追踪》《跨国追踪》还是《佛宝追踪》？犹豫了半年之久。其实，这远不是标题选择这么简单，而是对于内容侧重的犹豫。

2011 年年底，我从外地交流到梁平。上任伊始，梁平检察院即接到一个特别的批捕案件，21 年前梁平双桂堂“10.26 特大盗窃杀人案”告破，由此，一段尘封的历史再次进入人们关切的视线。

两年前，梁平大力发展文化旅游，着力挖掘“双桂堂”“百里竹海”的文化内涵。我这个业余作家为了尽快将“10.26 案件”艺术地再现出来并力争改编成影视作品，借阅了数十本原始材料，还亲自去看守所提讯了“易彪”，采访了当年的案件承办人。透过那些落满尘埃的卷宗和已经变得沧桑的面孔，一段扑朔迷离的历史在我的眼前不断浮现，很多奇异魔幻的现象伴随案件的脉络在我的脑海跳跃。

如果没有“10.26 案”，或许人们置身在“四面青山下，蜀东鱼米乡”的古老梁山，享受着“千家竹叶翠，百里柚花香”的祥和安宁，习以为常；如果没有 21 年后的“易彪”被抓捕归案，或许人们难以化解心中郁结已久的疑窦，再次牵引出对于文化瑰宝《贝叶经》与西南禅宗祖庭“双桂堂”的深厚渊源，以及对于《贝叶经》得失轨迹的无限遐想。

是的，这是一片神奇的土地，蕴含着丰富的历史文化，这里是西南禅宗的发源地，也有着匪夷所思的奇妙与神秘。

这里就是古老的梁山——今天的梁平！

梁山，梁平，双桂堂。

提起梁山，人们首先想到的是《水浒传》的水泊梁山。那一百零八个好汉的故事，让国人家喻户晓，甚至蜚声海外。但在中国重庆的行政区划里，也有一个曾经叫梁山的古老城区——重庆梁平区。早在公元 553 年，西魏即在巴东郡的高粱山下设立梁山县。县名一直延续了 1450 年，直到新中国成立后的 1952 年年底，因为与山东的梁山同名，才更名为梁平县。2016 年 12 月，梁平撤县设区，是为梁平区。

1997 年重庆直辖市前，梁平隶属四川省，因境内有平坝横贯南北，土地肥沃，物产丰富，故有“小成都”之誉。

梁山之名，源于境内东北的高梁山。高梁山是巴山山脉的一个分支，沿东北——西南方向横跨四川的开江、重庆的万州、开州、梁平和垫江等区县。

高梁山最高峰为菩萨顶，海拔 1061 米，植被丰茂，形色苍茫。与巴山山脉的巍峨雄奇相比，高梁山则以其钟秀郁翠而独具人文魅力。“高梁耸翠”也因此成为“梁山八景”之首。传说2300多年前，庄子曾经在高梁山东山中段读书并写作《南华经》，因此高梁山又名南华山。

高梁山东北有蟠龙洞，洞前有古银杏树，树径两米有余，树冠参天蔽日，为陆游三访蟠龙洞时所种，已经有800多年历史。蟠龙洞东北有瀑布和两千多年的古驿道隘口“百步梯”，千百年来，历代文人骚客往来梁平，蔡邕、陆游、韩愈、苏轼、范成大都曾驻足于此，留下了无数诗词曲赋和文趣佳话。梁平也因此积聚了毓秀钟灵之气，文人才士辈出。易学大师来知德曾著《周易集注》，被《明史》誉为孔子之后用象数结合义理注释《易经》取得巨大成就的唯独一人，故称为“来夫子”。而“双桂堂”开山鼻祖、中国禅宗临济宗正宗传人——“破山海明”法师，则更是蜚声佛世两界，不仅德行深厚，其诗书画皆绝。尤其书法造诣直臻化境，当代书法大师启功曾有诗赞曰：“憨山清后破山明，五百年来见几曾，笔法晋唐元莫二，当机文董不如僧。”崇敬之情可见一斑。

梁山山明水秀，人杰地灵。而更令人心驰神往的则是坐落于高梁山西北麓万竹山下的佛门圣地“双桂堂”。

双桂堂始建于公元1653年，由破山海明禅师所建，因寺内金银两株桂树得名。

传说这两株桂树系嫦娥用观音的净瓶水浇灌，用王母娘娘的云剪修整。一个中秋夜，嫦娥将精心护理的枝繁叶茂的两株桂树送往人间，飘落在宁波天童寺内。密云法师将这两棵桂树交给弟子破山海明，让他带回蜀中兴建佛寺，弘扬佛法，并告诉破山海明桂树生根之处就是你安生之地。

破山海明谨尊师命，身背桂树，跋涉了几个月，进入蜀中。一日，他落脚在万竹山，半夜里，山间霞光四射，钟鼓齐鸣，四周的村民闻声而至，只见一相貌超凡的和尚正在打坐参禅，他所背两株桂树已落地生根，清香四溢。从此，破山和尚就在双桂落地之处建立禅院，并取名“双桂堂”。虽然传说赋予了神话的色彩，但双桂堂的桂树历经数百年，虽其中一株金桂不幸于 1990 年仙逝，但银桂至今尚存，且枝繁叶茂，浓绿如云。每年金秋时节，桂花满枝，香飘数里，为双桂堂一绝。

双桂堂坐东朝西，远有象鼻山遥遥呈吉，前有桂溪河粼粼作带，后有万竹山稳稳为椅。左右良田环绕，南北开阔纵横。是一处典型的大气象佛寺。全寺占地面积约七万平方米，殿堂为木石结构，有大山门、弥勒殿 、大雄宝殿、戒堂、破山塔、大悲殿、藏经楼七栋主体建筑，由西向东，依次递升。两侧有厢房、僧舍三百余间，长廊相连，有天井、海观四十二口，玲珑古雅，周围有白莲池、后缘池、花园等景观点缀，整个寺院环境清幽，法相庄严。

破山和竹禅。“双桂堂”开山鼻祖破山海明俗名骞栋宇，字懒愚，四川大竹县人，生于明万历二十五年(1597 年)。自幼读书勤奋，聪明过人，懂书画，善琴棋。十九岁出家，遍游名山，转览佛教经典。万历四十七年（1619 年）住湖北黄梅县破头山，参禅三年，深有所悟。后拜宁波天童寺临济宗大德高僧密云圆悟禅师为师，由于天资聪颖，修法勤奋，深得密云禅师喜爱，并得其真传授其衣钵。破山海明修法之际，正值明末清初，朝代更迭，战火绵延，民不聊生。1633 年，破山海明心怀悲悯，不惧艰辛，返回西南广传佛法，以慰藉饱受战乱的芸芸众生。并于顺治十年即 1653 年落根梁山金带万竹山，建双桂堂，广收僧俗弟子，弘扬佛法。使清初战乱的西南一隅呈现出佛法中兴气象，并辐射云贵陕晋、鄂湘赣浙等二十余省及东南亚地区。在中国佛教史上，留下了浓墨重彩的一笔。破山海明也被人奉为“小释迦”。

双桂堂建寺之初，正值清初战乱之际。蜀东之地，各派抗清势力盘踞，“夔东十三家”、张献忠残部、明朝遗老、山寨土匪等各种力量交错，社会动荡不安。破山海明法师运用佛法，广结善缘，游走斡旋于各派势力之间，弘扬佛法，消弭战祸。为了劝善，甚至不惜打破佛门戒规，遵守约定开戒食肉，救民于水火，成就了一段佳话。其传法弟子遍布天下，由此也奠定了双桂堂佛教界“西南禅宗祖庭”“第一禅林”的尊崇地位。

破山海明过后，双桂堂历十七代方丈，第十代方丈竹禅上人也是一个值得大书一笔的人物。

“竹禅”法名熹，又号主善、六八门人，出生于四川梁山县（今重庆梁平区）仁贤乡桐子园一个王姓农家。从小能写会画，十七岁入双桂堂，被德玉方丈遣往其师弟一超禅师主持的报国寺处剃度。

竹禅持书前往报国寺时，恰逢一超禅师在室中烧竹取暖，便触景生情，以“竹焚节存，禅寓其中”两句话开头一字为其取名“竹禅”。

竹禅和尚的一生极富传奇色彩，他不仅佛性禀异、道行深厚，曾经为慈禧太后讲法，还擅长书画、金石篆刻、音韵古琴，尤其是绘画自成一格，水墨人物、山水、竹石，别成一派，题画诗亦佳，多为禅机佛语，享誉大江南北，与“扬州八怪”齐名，居清中晚期书画名家之首。

竹禅所处时代，也是清朝走向没落的时代，社会动荡不安，佛寺凋敝。尽管当时仅梁山尚余150余座佛寺，但大多烟火稀疏，僧影寥落。竹禅运用自己的影响力为双桂堂的中兴作出了巨大的贡献。他虽常年云游在京津沪杭以及湖北、山西等地和名山大川，却时刻牵挂着双桂堂，时时用自己的画作变现接济双桂堂香火。并先后两次从五台山等地为双桂堂请回包括佛舍利、《贝叶经》以及流徙于各地的破山海明书画真迹等佛、法、僧三宝供奉，使双桂堂成为盛极一时的佛门圣地。1900 年，竹禅大师返回故里，接替德玉大师，成为双桂堂第十代方丈，并于次年圆寂，享年七十有七。

竹禅大师集诗书、画印、琴韵诸雅于一身，携“王子出家”和一张古琴游走天下，留下了大量书画艺术珍品，琴谱《故人行》也带给世人隽永的艺术享受。而更为难得的是，其所有的作品都带有入世又出世的禅佛境界和意趣。难怪后人撰联赞誉其“携大笔一支纵横天下，与破山齐名脍炙人间”。而破山与竹禅，距九代之遥，恰巧囊括了清初与清末近三百年的兴衰更迭。

一、佛门血案

公元 1990 年 10 月 26 日，午夜。

重庆梁平金带镇，古刹双桂堂。月色迷蒙，星辰暗淡。

一道黑影如鬼魅般蹿入藏经楼库僧房，熟练地拨开房门，径直溜到藏宝柜前，在微弱的手电光下，拉开柜屉。

“谁?”伴随一声轻喝，守库僧人释身中从僧床上跃起。

黑影关灭手电，黑暗中，隐有揪斗声，随着一声沉沉的闷响，守库僧人释身中应声倒地。

双桂堂镇寺之宝《贝叶经》被盗，守库僧人释身中被害身亡。

被盗的《贝叶经》由印度生长的贝多罗树叶制成，长40公分，宽6公分，共106页，上有古梵文佛经《安慧菩萨俱舍论疏》，为十一世纪、十二世纪写本，系雍正皇帝御赐，由十世方丈竹禅大师从五台山带回双桂堂，为双桂堂镇寺之宝。

存世的《贝叶经》并不罕见，但大多零碎残缺。如此完整且年代久远的《贝叶经》世界仅两本，一本在印度一场大火中被烧毁，被盗的《贝叶经》为全世界孤本，1962年经中科院鉴定为国家一级文物，被佛教界奉为珍品，为稀世珍宝。

嫌犯锁定为一个名叫"易彪"的住寺游客，但经查系盗用他人身份证。嫌犯非常狡猾，现场仅留下半枚指纹，经与现存资料比对，无任何匹配目标。除此之外，没有留下任何有用线索。

案件侦破陷入僵局。

次年，第十六代方丈妙谈大师饮恨圆寂，双桂堂惊现多重神秘事件，谜一样地困扰着人们：

两棵古桂中的金桂枯死；

银桂当年开出金银双色花，左银右金；

昔年成群栖息双桂堂的白鹤倏然绝迹……

时间过去了二十年。

2011 年 7 月 8 日，新疆吐鲁番地区鄯善县变电站工地，嫌疑人“易彪”落网。

鄯善县看守所内，一级警督、梁平公安局刑警支队长凌云风严厉的眼神直逼“易彪”：“知道为什么要抓你吗？”

听出对方的重庆口音，“易彪”有种不祥的预感：“不，不就是工地上和人打架的事吗？”

“打架？打架用得着我们从千里之外过来抓你？”凌云风忽地将声调提高：“老实交代你二十一年前在双桂堂杀人盗宝的经过！”

“易彪”耳朵“嗡”的一声，耷拉下了脑袋。他知道自己东躲西藏、胆战心惊，隐藏了二十多年的秘密今天终于还是败露了！

其实，出卖他的，就是这次打架捺在讯问笔录上的那枚指纹。

二十年前，游手好闲的易彪从一个古玩朋友那里偶然听到一个消息：梁平双桂堂有好多值钱的东西，特别是一本贝叶经书价值连城。于是，易彪心起歹念，经过精心准备，假冒诚心礼佛的游客，用捡来的身份证冒充广东人“易彪”住进了双桂堂。在四天的时间里，他不断地与僧人们攀谈，尤其是对藏经楼守库僧人释身中热情有加，还时不时帮释身中干这干那，获取信任。

1990 年 10 月 26 日中午，踩好点的易彪佯装退房离开，又于深夜带上作案工具返回寺庙。凌晨二时许，易彪蹿入藏经楼开柜盗宝时惊动守库僧人释身中，迅疾用准备好的铁棍猛击其头部，至其当场死亡，盗走《贝叶经》及编钟、如意等五件文物。

易彪对杀人盗窃事实供认不讳。

“《贝叶经》呢？”

“卖了。”

“卖给谁了？”

“一个叫陈国胜的香港老板，他给了我十五万港币。”

“陈国胜是什么人？现在何处？”

“我也不知道，当时是一个港仔介绍认识的，时间这么久了，我与他们早没了联系。”

最高人民检察院侦查监督厅，青年干警杨立炳持文件夹走进侦查一处处长张易阳办公室：

“张处，有一个重庆梁平院的追诉报批件，二十一年前，梁平双桂堂一名守库僧人被杀，国家珍贵文物《贝叶经》被盗，嫌犯已被公安机关抓获，现提请批捕追诉”。

张易阳：“《贝叶经》被盗案件？重庆梁平的？”

“对。”

“立即准备资料送厅里审查，高检昨天刚接到国家文物局和民宗委的请求，厅里正过问此事呢！”

张易阳内心有些兴奋，他就出生在梁平双桂堂边的金带镇。很小的时候，就听说过双桂堂和《贝叶经》的故事，从大学毕业后到北京工作已经八年了，他先后在反贪总局和侦查监督厅工作，从一个普通的侦查员成长为处长，办理过不少大案要案，但在内心深处，依然会时时想起发生在家乡的《贝叶经》失窃案，在大学上刑事侦查课的时候，大家还激烈地讨论过这个案例。一晃这么多年过去了，《贝叶经》就像石沉大海般渺无音讯，今天接到嫌犯被抓提请追诉的请示，这对他无异于盛夏的一股清风，让他感到畅快无比。

在杨柏晨副厅长主持的案件审查会上，张易阳用略带四川腔调的普通话汇报了重庆梁平公安局抓获嫌犯易彪的情况和梁平检察院提请审查逮捕并追究其刑事责任的请示，最后张易阳义愤填膺地说道：

“这个案件虽然发生在21年前，但嫌犯杀人手法残忍，犯罪情节恶劣，国家一级文物《贝叶经》至今下落不明，应当予以追究！”

杨柏晨副厅长充分听取了与会人员的意见，同意追诉易彪。会议结束时杨柏晨强调：

“这个案件，除了要追究嫌疑人的刑事责任，还有一点，一定要千方百计追回《贝叶经》！厅里也接到了院办转来的国家民宗委和国家文物局的请求信，希望能够追回这件稀世珍宝，我们要加紧和侦查机关沟通，尽快达成一致意见，如有必要，检察机关可以提前介入引导侦查。”

根据厅里安排，张易阳次日即飞往重庆，具体指导“1026”的案侦工作。

上午十一点，重庆市院侦查监督处欧冰容处长，带着张易阳来到二会议室时，已经有五位同志等在那里了。

“我给你们介绍一下，”欧冰容处长指着靠右的两位精干男士说：

“这是梁平院的许柏宁科长和梁平公安局的凌云风支队长。”

张易阳和他们握了握手，笑着说：

“我们在报捕材料上已经认识了。”

欧冰容又指着中间的一位略有些秃顶的老者介绍：

“这位是文物局的刘博文老师。”

“你好，刘老师！”

最后，欧冰容指着最左边的一男一女向张易阳介绍：“这两位是市公安局刑总的副总队长崔波阳和侦查技术专家夏天。”

张易阳礼节性地向两位点头微笑后将目光停留在夏天脸上，忽地睁大了眼，闪过一丝惊愕，而后又迅疾恢复平静，对夏天夸张地眨了眨眼。

“你们认识？”欧冰容有些诧异地问。

“认识！”

会议由市院杨冬立副检察长主持。会上，梁平的同志汇报了易彪盗窃杀人案件的详细情况，大家也都针对证据发表了意见。尽管因为案件延续时间长，一些证据收集困难，但基本犯罪事实是清楚的，以盗窃杀人罪追诉易彪不存在大的问题。会议的焦点是如何才能找回《贝叶经》。

“《贝叶经》被盗后，我们一直密切关注它的动态，但遗憾的是，这二十一年来，它就像是从地球上消失了一样，没有丝毫的蛛丝马迹。”有些秃顶的刘博文老师清了清嗓子说道：

“我的研究方向就是宗教文物，我们希望这个案件的破获，可以顺藤摸瓜，查找到《贝叶经》的下落。这不仅是对佛门圣地双桂堂的一个交待，也是对我国文物研究和保护的一大贡献！”

“这个案件，如果要想追回《贝叶经》，恐怕还需要协调香港方面配合，据嫌疑人的初步交待，《贝叶经》是卖给一个陈国胜的香港人，时间过去了二十多年，要查找到它的下落无异于大海捞针，”凌云风心情有些沉重地说道：

“《贝叶经》被盗的时候，我还是刚进刑警队不久的年轻人，我参加过现场勘查，还记得当时方丈和僧众们痛苦绝望的表情，一辈子难忘啊！”

“但是，只要有一线希望，我们也要竭尽全力追回《贝叶经》！”张易阳望着刘博文和凌云风的脸坚定地说。

最后，杨冬立副检察长说道：

“好！那我们今天就成立一个临时联合专案组，组长由我担任，崔波阳和欧冰容同志任副组长，张易阳处长作为高检院特别代表负责案件的督办。专案组下设讯问调查、信息技术和后勤协调小组，各司其职开展工作。另外，刘博文老师作为特邀顾问，必要的时候也协助参与案侦。”

开完会，走出市院大门的时候，张易阳停下脚步等待夏天走近。

“你是什么时候到的重庆？还成了公安局的刑侦专家了？”

夏天神秘地笑笑：

“哟，八年不见，见面就查我的底细呀？”

“当然不是，你不是去警校当心理学老师了嘛，忽然出现在重庆，作为老同学，我当然好奇！事先也不打个招呼，也好给你接风洗尘呗！”

“嗯，见到你之前，我不知道你会参加这个专案组，至于接风洗尘，你不也是北京来的客人嘛！”夏天笑着望着张易阳，也学着他刚见面时一样俏皮地眨了眨眼：“要不，我们还是去嘉临江边吃鱼吧？”

坐在嘉陵江边的餐船上，河风有股淡淡的鱼腥味儿，暖暖的。已经是初秋了，但重庆的秋天依然带着几分湿热。张易阳解开领扣，歪过头用询问的目光望着夏天，像是在问：怎么样？说说你是怎么来到重庆的吧！

张易阳和夏天是西南政法大学刑事侦查班和刑法硕士班的同学，读研的时候张易阳是班长，夏天是学习委员。六年时间的朝夕相处，只差一层纸，他们就成了情侣。八年前毕业后，张易阳进入了检察机关工作，夏天则出国继续攻读心理学博士学位，初时他们还有书信电讯往来。但三年前，夏天却像人间蒸发了一样，与张易阳失去了联系。张易阳揣摩是夏天已经有了自己的情感依托。他有些懊悔，责怪自己一直没有果断勇敢地向夏天表达爱慕，以至于日久生变，被人抢得先机。这次遇见，对张易阳来说实在是意外，但他一直又期望在生命中再次遇见夏天，他需要知道她是否一切都好，也需要知道她为什么一声不响地就离开了他的视线。

夏天有些尴尬地对张易阳笑了笑，又故作大方地提高声调问：

“这些年，你还好吗？什么时候介绍我和嫂子认识?”

“嫂子?哪里来的什么嫂子?”张易阳无可奈何地耸耸肩也打趣着说:

“要不你先介绍我认识认识妹夫?”

夏天脸上微微泛出一丝红晕,没有说什么。

“对了,你是什么时候回国的?你是不是到警校去了?有人前年曾经在那见到过你呢!”

“哦,我只是去短暂实习,进行心理调查。”夏天有些不好意地对张易阳笑了笑接着说:“对不起易阳,我想向你解释一下,这几年我不是故意要和你保持距离,实际上是因为工作。”

“哦,是因为工作”,张易阳低下头:“我以为是自己太差劲让你烦呢!”声音很轻,像是在喃喃自语。

船上人不多,还不是就餐高峰时间。还是张易阳打破短暂的沉默:

“记得你最喜欢吃水米子鱼了,口味没有变吧?可不要和我客气!”

“嗯,好的,我不会客气!很久没有吃到这么美味的东西了。”夏天边说,边有些夸张地咽了咽口水。

河面上间或有几艘拖轮驶过,长短相间的汽笛,时时响过,像在提醒着人们,这里是两江汇聚的水码头山城重庆……

二、贝叶经迷踪

第二天，张易阳和夏天就跟随许柏宁、凌云风来到了梁平。第一项工作就是提讯易彪。

张易阳和凌云风提审易彪时，夏天在单向透视玻璃后观察。

凌云风："怎么样，这些天有回忆起些什么吗？"

易彪："情况我都交代清楚了，如果你们还有哪些不清楚的，你们问我答吧。"说这话的时候，易彪显得比以往轻松了许多，二十几年的逃窜，其精神压力是可想而知的，在心理学上有一个热词叫'等待一只鞋落地定律'，被抓以后，反而有一种尘埃落定的轻松。

"那就说说你是如何认识陈国胜的吧！"

"这个我已经说过了，当时是一个经常往来广东的港仔介绍认识的，时间太长，我想不起这个朋友叫什么了，反正是我在广东认识的。"

"真的想不起了吗？"

"真的想不起了。"

"那就说说陈国胜吧，"一旁的张易阳插问道："当时陈国胜多大年纪，有些什么体貌特征？"

"大概三十岁左右，身高和我差不多，有一米七五左右吧，身材略微偏瘦。"

“他是从事什么职业的？你们是怎么谈到《贝叶经》交易的？”

“好像是开古玩店的，先给他看了我带去的编钟，后来才说到《贝叶经》的，开始他以为我不懂开价一万港币，我没同意，后来逐渐加到的十五万港币。”

“你再详细交代一下你从作案到卖掉《贝叶经》的经过，”见没有什么实质性的进展，凌云风接过话头对易彪说：

“要尽量详细些，这对你的态度认定很重要！”

“是，”易彪望了望审讯室上方的摄像头，一脸诚恳地开始了他的交代……

“他有些地方没有说实话！”在特讯室的观察间内，夏天打开监控器从录像里切下几幅画面放大，用激光指示灯对着画面向凌云风和张易阳解读道：“你们看这里，当他回答如何认识陈国胜时，他的瞳孔下意识的有高频率的收放，而在回答陈国胜的体貌特征时，就平稳许多，这是压力不同情况下的差异化反射。”

“对！”在观察室和夏天一起观察审讯的许柏宁接过话头：

“作为一个东躲西藏二十年的重案罪犯，或许在一般细节上记不清楚，但对于杀人、抢劫和倒卖国宝这些关键细节，可以说就像刻在脑海里一样，不可能真的不记得！”

“看来还得加大审讯的力度!”凌云风摩拳擦掌地说道。

“别急，我们还需要进一步摸清他的外围情况，争取一击而胜，”张易阳蹙了蹙眉，又若有所思：“他在回避什么？是想避重就轻还是想保护谁?”

功夫不负有心人，经过外围民警一天半的排查，一条以前没有掌握的关键信息引起了专案组的注意：五十五年前，易彪有一个同胞姐姐被抱养到了广东一远房亲戚家，改名殷佳兰，现居香港旺角的士街 117 号。

经过连夜突审，易彪交代了他在广东托姐姐殷佳兰代找香港买家的事实，而陈国胜也是他姐姐生意上的伙伴。这无疑是一条可以打开《贝叶经》去向通道的重要线索。

经过警方高层协调，专案组抵达香港，并在旺角警署询问了易彪的姐姐殷佳兰。据殷佳兰交代，陈国胜曾经是她在深圳开洗浴中心时的合作伙伴，因为是香港人，常常往来于港深之间。所以 1990 年 11 月，当他弟弟找到她，并希望介绍文物卖家的时候，她自然想到了陈国胜。但由于时间太长，在二十世纪末她关闭洗浴店后，就和陈国胜失去了联系。

但殷佳兰还是提供了一条有价值的线索，陈国胜的真名叫陈俊生，好像和当时香港沙头角的黑帮有些渊源。查找陈国胜的任务就交给了香港警方，专案组暂时返回等待消息。

三天后，香港方面传来消息：陈俊生已经于 1997 年香港回归时失踪，有人说在一场黑帮械斗中被人砍杀抛入海中，尸骨无存。

案情陷入迷茫，而重庆梁平纪念双桂堂建寺三百六十周年准备活动也在如火如荼地进行中，地方政府还发出了请柬，邀请海内外佛学知名人士和文物专家学者参加盛典。

这天，地方党政主要领导约见了梁平公安和检察院的领导以及专案组成员，希望专案组能够充分发挥主观能动性，在双桂堂建寺三百六十周年庆典前能够把《贝叶经》追回来，书记还特别叮嘱要把追回国宝当成政治任务来完成。

专案组感受到了肩上沉甸甸的压力，为此，梁平检察院和公安局领导还和专案组一起召开了联席会议。并分别抽调了精兵强将充实专案组，负责内查外调工作。

专案组经过梳理研判，认为要寻找到《贝叶经》踪迹，除了继续在香港寻找蛛丝马迹，厘清《贝叶经》的历史渊源和曾经的轨迹也十分重要。经请示，专案组决定由张易阳、凌云风、夏天和刘博文到山西五台山寻找线索。

飞机在如絮般的白云上穿梭，张易阳的心情也变得敞亮起来。这些日子，他感觉到自己的情绪有些微微的波动，再次与夏天相逢，并且鬼使神差地进入了同一个专案组，这对于他来说，本是一件值得庆幸的事儿。但是，除了工作夏天却很少和他谈及个人的情况，甚至还有意在回避着那些他一直想要知道的事情。他有些疑惑，也有些郁闷，不知道如何排解。这时，他告诫自己，办理好案件是第一位的，其他事情，就留给时间吧。

飞机降落在太原机场后，他们没有进城，直接转乘小巴车向五台山进发，路上，夏天打破沉默，向刘博文问：

“刘老师，《贝叶经》与五台山有很深的渊源吗？”

刘博文没有直接回答夏天，先向她诡谲地笑了笑，而后侧身向着座位右边的凌云风和张易阳：

“你们知道它们的关系吧？”

张易阳和凌云风对望了一下，凌云风先开了口：

“略知一些，《贝叶经》就是一百多年前竹禅大师从五台山带回去的。”

“那《贝叶经》又是从何而来，为什么要给竹禅大师带回双桂堂呢？”刘博文老师一改古板沉闷的神情，笑着对大家说道：

“不知道了吧？”

说实话，尽管因为审查批捕易彪时张易阳曾经查阅过一些资料，但重点放在杀人的细节证据上，而对于《贝叶经》与双桂堂和五台山的渊源，还真的不甚明了。

“‘兵象销时崇佛像，烽烟靖始扬炉烟；治平功效无生力，赢得村翁自在眠。’听过这首诗吗?”刘博文有些得意地对大家说：

“这是雍正皇帝即位以前朝拜五台山时写的一首诗，反映了他尊佛重禅，要用佛教文化来治理国家的思想，尽管他在位十三年都没有再去过五台山，却御赐给五台山许多佛家珍宝，《贝叶经》就是其中之一。”

“喔”，见三个人聚精会神地听着，刘博文来了兴致，接着说道：

“佛骨舍利是佛家的至尊法宝，有舍利的地方才算得上大道场，双桂堂内就有座舍利塔，里面供奉的是一枚佛肋骨舍利，那也是雍正御赐给五台山的，还有啊，在曹溪禅宗里，雍正最认可的，除了六祖慧能就是破山海明禅师的师傅密云圆悟，佛家讲缘，双桂堂和五台山远隔千山，却有着万缕佛缘。”

“等等，那佛舍利和《贝叶经》不都是竹禅大师带回双桂堂的吗？竹禅和破山相隔九代，二百五十多年呢！”凌云风打断问道。

“没错，舍利和《贝叶经》都是竹禅和尚咸丰年间从五台山带回双桂堂的，但从佛家因缘起灭来说，有因才有果，凡事因缘而起，果为因而结。”

一直凝神静听的夏云茹忽然插话：“刘老师，干脆你简单地给我们普及下佛学知识吧。”

“嗯，从什么地方讲起呢？”刘博文略一沉吟后开始滔滔不绝地说起来：

“佛教起源于公元前五世纪的古印度，创始人是古印度北部迦毗罗卫国的王子乔达摩·悉达多，也就是后来人们尊称的释迦牟尼佛，大家都知道吧？

佛教以苦、集、灭、道四谛为根本教义。劝人修行向善，消除因果业报，脱离无边苦海，普度芸芸众生。

佛教传入中国，是在我国的西汉末年，后兴盛于隋唐，经与儒、道交汇融合，形成了具有中华文化内涵的佛教派系。

佛教因不同时期、不同途径、不同语系和不同僧众的传播，分为不同的宗派和法系。在中国，总分主要有三大语系，即汉地佛教、藏传佛教和南传佛教。中原地区以汉地佛教为主，隋唐过后，佛教几经起伏演变，禅宗居于主导地位，六祖慧能，则更是将禅宗推向了鼎盛。

禅宗的禅是梵语禅那的简称，汉译为静虑，是静中思虑的意思。此法是将心专注在一法境上一心参究，以期证悟本自心性，这叫参禅，所以名为禅宗，又叫佛心禅。禅的种类很多，在中国有一支需要特别提起，那就是所谓‘教外别传’的禅宗。它所传习的，不是古来传习的次第禅，而是直指心性的顿修顿悟的祖师禅。此宗的禅法是在六世纪初由印度的菩提达摩传来的。

禅宗在公元八世纪间分为南北两宗，北宗神秀一派主张渐修，盛极一时，但不久便衰歇；南宗惠能主张顿悟，后世尊为六祖。从唐到宋，南宗的禅师辈出，都曾兴盛一时，经过一段时期有的就衰绝不传了。后来的禅宗只有临济、曹洞两派流传不绝，临济宗更是兴旺。近代所有的禅宗子孙，都是临济、曹洞两家后代。

而双桂堂的破山海明，正是临济宗三十四代祖师密云圆悟的正宗传人。”

“说了一大圈，我们就听明白了破山海明是临济宗的正宗传人，”凌云风打断刘博文问道：

“那究竟和五台山有什么关系呢?”

“莫急莫急，听刘老师慢慢道来。”听得入神的夏天情不自禁地说。

“这五台山嘛，说来话长，”刘博文掏出香烟，在鼻子下嗅了嗅又放回烟盒，接着说：

“五台山是中国四大佛教名山之首，另外三座分别是峨嵋山、普陀山、九华山，传说这四座山分别是佛教中四大菩萨文殊、普贤、观音、地藏的修行地，都有着悠久的宗教文化渊源，又以五台山为最。

五台山位于山西省中部五台县境内，由五座山峰环抱而成。五座山峰的顶端平坦宽阔，好象土砌的平台，分别称为东台、西台、南台、北台、中台，合称‘五台’。

五台山是中国佛教寺庙建筑最早的地方之一。自东汉永平年间起，历代修造的寺庙鳞次栉比，是中国历代建筑荟萃之地，南北朝时期是五台山佛教发展出现第一个高潮，各地寺庙纷纷兴起，多达两百余座。

到了隋朝，隋文帝又下诏在五个台顶各建一座寺庙。即东台望海寺、南台普济寺、西台法雷寺、北台灵应寺、中台演教寺。也因为五台山是文殊菩萨演教的地方，所以这五个台顶上的寺庙均供奉不同法号的文殊菩萨，从此以后，凡到五台山朝拜的人，都要到五个台顶寺庙里礼拜，叫作朝台。

盛唐时期，五台山佛教的发展出现了第二个高潮。全山寺院多达三百所，有僧侣三千余人。此时的五台山，不仅是中国著名的佛教名山之一，而且是名副其实的佛教圣地。这是五台山在中国佛教界取得统治地位的发端，也是五台山在封建统治者的利用和主持下，发展成为名山圣地的开始。

五台山是中国唯一青庙黄庙相互交融的佛教道场，汉、蒙、藏等民族在此和谐共处。所谓青庙就是汉地佛教，僧徒穿青衣；黄庙也称喇嘛庙，属于藏传佛教。五台山藏传佛教均属宗喀巴大师创立的格鲁派，信教喇嘛均穿黄衣，戴黄帽，称黄衣僧。明永乐年间，随着喇嘛教的传入，五台山开始由青庙改成黄庙。清康熙时，诏令将罗睺寺、寿宁寺等十所寺庙改为黄庙。于是，青衣僧改为黄衣僧，汉喇嘛由此产生。

直到现在，五台山还有寺院共 47 处，台内 39 处，台外 8 处，其中多为朝廷敕建寺院，多朝皇帝前来参拜。著名的寺院有：菩萨顶、显通寺、塔院寺、南山寺、黛螺顶、广济寺、万佛阁等。

其中，菩萨顶为最大的喇嘛寺庙，据传为文殊初始道场。清朝的康熙、乾隆皇帝曾数次朝拜五台山，住宿于菩萨顶，赐菩萨顶大喇嘛提督印，并命山西全省，包括山西巡抚、大同总兵、代州道台等，均须向大喇嘛进贡，其地位十分尊崇。这就是今天我们要去的地方。”

“菩萨顶？梁平高梁山的最高峰不也叫菩萨顶吗？莫非也是因五台山的菩萨顶得名？”凌云风轻声自语道。

“可您还是没有说到它与双桂堂和破山海明法师的渊源呢！”夏天执着地问。

“这个嘛，欲知后事如何，且听下回分解。”刘博文实实在在地卖起了关子。

这时，沉默了半晌的张易阳突然接过话头：

“那我们今天要见的慧远大法师，应该知道我们的来意吧？”

“知道一些，我通过中国佛教协会同他联系时，和他说了个大概，他一下午都在禅室等着我们呢！”

五台山不愧为佛教第一圣地。车入台怀镇，古老的大白塔高高耸立，各种佛寺建筑鳞次栉比，红墙碧瓦，殿宇巍峨，金碧辉煌，一派繁荣景象。

司机是本地人，车子直接开到了显通寺的大门外。刚下车，一个披着黄褐僧衣的少年和尚就打着稽首迎了上来："几位施主是重庆来的吗?"

"是的，是的。"凌云风抢先回应道，刘大宇立即接过话头："嗯，昨天我们就和慧远大师联系好了，敢问小师傅法号?"

"小僧弘法，我领几位施主上去吧!"

从显通寺后门处，向上走过百余级台阶，就到了菩萨顶大门。走进山门，穿过天王殿、钟鼓楼，但见屋顶都用三彩琉璃瓦覆盖，五彩缤纷，富丽堂皇。东禅院当中的碑亭，耸立着两面乾隆皇帝的御碑，每面御碑高达两丈。用汉、满、蒙、藏四种文字镌刻的碑文，书法字体流利，气势不凡，处处显现出皇家寺院的恢弘气派。

方丈室就在禅院西角一处清幽的林阴下。

弘法推开翠竹合抱的栅栏，轻扣了数下禅门，向内道："师父，重庆的施主到了!"

"阿弥陀佛!"随着"吱呀"一声，一位清瘦的黄衣老者打开禅门，先是双手合十，而后对着四位来客侧身道："各位施主，请入茶堂叙话。"

"打扰大师了!"落座过后，凌云风率先开口："大师，您知道双桂堂的《贝叶经》吧?"

"当然知道，《贝叶经》是三百年前清世宗雍正皇帝御赐给本寺的法宝，一百多年前本寺的章嘉三世活佛转赠给了双桂堂的竹禅大师，”慧远大师轻叹了口气，接着说道：“只可惜，老衲没能亲见，二十多年前竟已失去踪迹！”

“大师，您知道章嘉活佛转赠竹禅大师《贝叶经》的情况？”刘博文有些兴奋地问。

“在史籍资料上没有记载，老衲也是几十年前师尊在时偶然提及过，算是略知一二，前几年重庆地方曾经有人专门来查阅这段历史，老衲正好外出禅课去了，未及面晤。”

“太好了！大师可否向我们讲讲这段历史？”

“好吧，不过，这也只是口口相传，并无资料佐证，如有不周之处还望海涵，”慧远大师品了一口茶，仿佛沉浸在回忆里，微闭着双眼慢慢悠悠地说道：

“其实，五台山和双桂堂也是有些渊源的，三百多年前明末清初时，五台山章嘉三世活佛的俗家祖先因避战乱经过四川，在渝州遭遇张献忠残部，和数千军民被困军中险遭杀害，幸有破山海明禅师竭力搭救才躲过劫难。

想必你们都知道‘酒肉穿肠过，佛祖心中留’这个故事吧？其实讲的就是这个事儿，当时破山海明大师是忍受着极大的痛苦，牺牲自己的道行来解救众生的。

目睹经过的章嘉祖先发愿要报答破山海明禅师和这

段佛缘，并于家训中载入了这段历史。

凡果皆有因，有因必有果，在清朝咸丰年间，双桂堂弟子竹禅云游到五台山，得遇章嘉三世活佛，活佛对竹禅的绝世才华很是喜欢，当得知竹禅是双桂嫡传弟子时，更是礼遇有加。

竹禅第二次上五台山在菩萨顶驻留三月有余，离开的时候，章嘉活佛赠送竹禅一枚佛骨舍利、一本贝叶经书，还有编钟等佛、法、僧宝，并让他带回双桂堂，永续佛缘！”

“大师，可为什么这些都没在典籍中有所记载呢？”刘博文插话问。

“阿弥陀佛！”慧远法师稽首接着说道：

“老衲也曾有此疑惑，或许圣僧也有凡俗之处吧，这毕竟是续的一段俗世前缘，而且这几件珍宝都是雍正皇帝御赐给五台山的，双桂堂作为西南禅宗祖庭，建寺之初抱定的是‘反清复明’的宗旨，作为皇家御封的大国师，在当时还是略有忌惮的。

其实，雍正皇帝作为中国帝王之中唯一真正亲参实悟、直透三关的大禅师，对破山海明的师傅密云圆悟大师是有很高评价的，在其著述的《御制拣魔辨异录》里，奉密云圆悟为曹溪正宗，其祖父顺治和父亲康熙对密云圆悟的另外一个弟子木陈忞及后嗣也都礼敬优厚。从因果善由来看，章嘉活佛此举也不悖世宗旨意。”

“大师，《贝叶经》记叙的是什么内容您知道吗?”一旁的张易阳也提出了自己的问题。

“这个经书我没亲眼目睹过，但曾听先师提及内容是《安慧菩萨俱舍论实义疏》，也就是公元五世纪时印度小乘佛教的大德高僧安慧菩萨解释俱舍论的著述，像这样年代久远、记录完整的贝叶经书就是在世界范围内，也是绝无仅有的了。”说完，慧远大师情不自禁地轻叹了口气。

一阵短暂的沉默后，张易阳清了清嗓子问道：

“大师，其实我们今天来的主要目的是想问问您，这些年还有没有人找您打听过双桂堂《贝叶经》的事儿？或者说您有没有关于《贝叶经》的线索?”

“各位稍坐片刻，我去去就来，”慧远大师起身向内室走去，不大一会儿，他捧着一个方匣出来：

“知道你们今天来，我就准备了这个。”

四个人的脑袋齐齐地凑了上去，匣子里装的是一张照片，看起来也有些年份了，是两个人的合影，背景是五台山的白塔。

慧远大师接着说道：“大约二十年前，有两个打扮入时的香港男子特意到五台山找到我，先谈佛理，后来就问到了《贝叶经》的来龙去脉。他们离开后，我师弟慧清在他们坐的蒲团下角发现了这张照片，照片上就是那两个人的合影。”

“那您当时没有觉察到什么特别之处吗？比如，他为什么唯独对《贝叶经》这么感兴趣？”张易阳满怀疑惑地问。

“有，但出家人持戒守诚，不问俗务，而且天理昭昭，报应不爽，如果《贝叶经》真与他们有关，那这张照片，不就是因果循环的种子因吗？”

“那您是不是知道我们一定会来找您呢？”张易阳接着问。

“阿弥陀佛！凡事自有定数，施主喝茶吧。”说完，慧远大师双手合十，微微闭上了双眼。

“他是个得道高僧！”在返回太原的路上，一直缄默不语的夏天望望大家说：“他的目光深邃却没有半点杂质，我想他已经告诉了我们要找的东西。”

张易阳和凌云风都情不自禁地点了点头，露出兴奋的表情。只有刘博文似有不甘地说道：“如果不是因为时间紧迫，我还真想在这佛家圣地好好呆上几天。”

回到重庆，外调小组立即将情况向专案组进行了汇报，同时把照片传给香港警方，请他们立即着手进行人脸识别。

第二天，香港方面就传来消息，照片中两人的信息都找到了，其中年轻些的这位就是陈俊生，而另外一位则是香港最大拍卖行的拍卖鉴定师钟舒伯。钟舒伯于1997 年香港回归前移民去了英国，陈俊生依然生死不明。看来要找《贝叶经》的下落，眼下钟舒伯成为唯一的选择。

三、红色通缉

一周时间很快过去了，张易阳接到了高检让他返回北京参加“009”专案组的通知，同时，告诉他《贝叶经》案与“山西副省长刘青山出逃案”并案侦查。

“1026”改为“009”了？在飞往北京的飞机上，张易阳十分纳闷。照理，这次从五台山带回的信息对完整侦破“1026”案件，特别是《贝叶经》的去向具有十分重要的作用。“009”又是一个什么案件呢？为何要抽调我去？看来这个“刘青山出逃”案、“1026”案都和“009”案有着十分密切的联系！

张易阳从小就崇拜那些行侠仗义的武林豪杰，大学报考专业时选择了刑事侦查，除了认真学习专业课程，他每天都坚持习武修身，锤炼意志。三年的反贪侦查和五年的侦查监督工作使他的侦查潜能得到很大的发挥。八年来他多次立功受奖，取得了十分优异的成绩，并一步步成长为业务骨干，得到领导和各相关部门的认可，三十岁就独当一面，成为一名处长。这次以他的职业敏感，他知道自己将面临的是一个不同寻常的案件，他深知责任重大，不敢疏忽懈怠。

按照通知要求，张易阳来不及回家就直接赶到了小汤山专案组工作地。一位工作人员引领他先到招待所住下。

吃晚饭的时候，凌云风、夏天、刘博文也相继赶到，另外还有两位山西省检察院反贪局的同志和一位山西省厅的警察也是专案组的成员。工作人员陪同大家吃了自助餐，做了一个简单的介绍，叮嘱大家晚上好好休息，明天一早开会。

第二天早上八点刚过，大家都被通知去会议室，张易阳见夏天提着文件包走在前面，快步跟了上去。

“我来帮你吧！”张易阳边说边接过包，居然还有些沉重。他笑着打趣道：“装些啥宝贝呢？这么沉。”

夏天对着张易阳淡淡一笑：“没啥宝贝，就是几件必备的工具。”

会议由最高检反贪总局张志鹏副局长主持，会场不大，呈四方环坐，坐在张志鹏左右两边的分别是中纪委国际合作局和公安部国际刑警中国中心的两位处长。会场上除重庆过来的四人以及昨天一起吃饭的山西同人外，另外还有七八个人，都是高检院反贪总局的干警，还有几个张易阳也不认识，但个个高大威猛，仪表堂堂。

会上张志鹏副局长介绍了“009”专案的情况。“009”案件实际上是由梁平“1026”案件与山西“1103”案件并案而成。从五台山带回的照片，经过脸谱识别系统识别出的钟舒伯与两个案件都有着十分密切的联系。而案件指向则是不久前逃往海外的原山西副省长刘青山。

刘青山曾在山西各地主政多年，先后担任忻州市市长、市委书记、大同市市委书记等职务，担任山西省副省长也有五年时间。今年11月3日因煤矿爆炸牵出腐败窝案，刘青山预感危机来临，在新加坡考察途中销声匿迹。

经初步侦查，近二十年来，刘青山除与数十名矿主和私营企业家有着非同寻常的经济物质往来外，与钟舒伯也一直保持着密切联系，其女儿留学英国事宜也是钟舒伯替刘青山操办。他们之间存在重大利益关联，也曾暗中代理刘青山在海外许多私人事务。

据爆炸案的矿主交代，刘青山曾多次向他和别的老板或明或暗地索要古玩字画，尤其对年代久远的孤本善本情有独钟。结合多方面情况判断，《贝叶经》极有可能于多年前转手进入他的掌控中。抓住刘青山是找回《贝叶经》的关键。

公安部刑警局已经按照最高检的要求，向国际刑警组织申请发布了红色通缉令，国内编号009。

由于潜逃时，刘青山改变了身份，暂时没有他的确切下落，但综合分析，刘青山逃往美国和英国的可能性相对较大。

专案组对人员进行了分工，追逃组分三个方向开展工作，一组前往香港，另一组前往美国，还有一组则前往英国。

香港组重点追查陈俊生的下落及与钟舒伯的各种关联；美国组重点查找刘青山转移和隐匿的资产；英国组则负责摸清楚钟舒伯在英国的情况以及刘青山女儿刘家姝与外界的联系，并力争捕捉到刘青山的行踪。

张易阳、夏天和凌云风参加了英国组，张易阳带队，另外还有高检院反贪总局的两名干警和一位刑警总局的副处长。

张易阳暗自庆幸，幸好自己英语不错，大学本科过了六级，硕士又修过了八级，这些年自己还经常利用业余时间在网络上进入英语角和网友进行交流，好像一切都是为今天的追逃做准备似的。

启程去英国前，张易阳召集大家一起研究了这次追逃的工作思路，由于钟舒伯早已入籍英国，在没有充分的证据前要抓捕他几乎不可能，刘青山行踪不定，要找到他犹如大海捞针。而刘青山在英国剑桥大学学习的女儿刘家姝则成为联系钟舒伯和刘青山的唯一纽带。

布控重点安排在了剑桥大学。为了顺利接近刘家姝，经过与国际刑警组织沟通并获得许可，张易阳安排夏天和处室的杨立炳以清华大学光华学院 EMBA 海外交流学员身份，随班直赴英国剑桥大学，近距离观察监控刘家姝。凌云风和反贪总局的两名干警负责找到钟舒伯行踪和居住地，随时进行跟踪和监视。张易阳和刑警总局的一位副处长负责与使馆和当地刑警组织沟通并随时保持与小组所有成员的联络。

剑桥大学坐落在距离伦敦约五十公里的康桥河畔，在 31 所学院里面，康桥边的国王学院以气势恢宏的哥特式建筑，宽阔整洁的草坪令人顿生庄严肃穆之感。

国王学院是剑桥大学内最有名的学院之一，成立于 1441 年，由当时的英国国王亨利六世设立创建，因而得名“国王”学院。

国王学院拥有历史、艺术、哲学、生物、化学、物理、经济学、计算机、信息和通信技术数十个门类和学科。而经济学专业也十分著名，产生了凯宾斯这样的现代著名经济学泰斗。刘家姝就在这里读大学三年级。

按照事先掌握的情况，经过与校方的协调，夏天与杨立炳的临时居所就安排在与刘家姝对面的宿舍楼。

对于夏天来说，剑桥于她并不陌生，她在这里用三年时间修完了心理学博士课程。在这里，她也曾撑一支长篙寻梦，看青荇在波光粼粼的水底招摇。少女时代的梦也曾在心中荡漾，然而，于她则是使命重于梦想。和校园里的学弟学妹们相比，她的肩上担负着责任，从大学毕业起，由于出色的学习成绩、优越的身体条件和相对简单的生活背景，她被安排进了国家刑侦尖端人才培养计划，她的学习研究方向就是犯罪心理突破及心理证据再现。在英国学习的三年时间里，她的时间大多用于教室和图书馆，除了心理学课程，她还选修了生物、历史、艺术、计算机、信息及通信等所有与职业有关联的学科。学习间隙，她还被安排去世界各地参加各种专业实习，还曾师从刑侦鉴证大师李昌钰。她的使命就是不断学习新知识，实践，认识，再实践，再认识，掌握和验证最前沿的刑事侦查技术，挖掘人类深层的心理认知，记录和再现犯罪意识轨迹，以此获得侦查方向并形成有效证据。

这些年由于现代科技的进步，尤其是电子信息技术的突飞猛进，许多以前不可能的想象都成为现实，指纹全息、DNA 比对修复、人像自动识别、人工智能和大数据的运用，使许多以前的悬案疑案得到了突破，当然，也使未来的破案更加迅速准确。

“夏天姐，你的电脑为什么这么多插孔啊？”刚刚安顿好行李的杨立炳对着正打开提包拿出电脑的夏天问。

“这可不是普通的电脑，是最先进的刑侦万能宝！”

“万能宝？有些什么主要功能啊？”

“定向探测监听、模糊信息识别、手机讯息跟踪、心里影像记录等，加上软件结合大数据可以完成成百上千项技术侦查的需要呢，”夏天回头笑着告诉杨立炳：“你可别小看它，一会我们就会用到！”

将近傍晚，一直守候在窗口的杨立炳对夏天边做手势边说道：“回来了，回来了！”

夏天打开“万能宝”，插上微型变焦探头，将焦点对准五十米开外窗口内的刘家姝，一个白皙少女的面孔就清晰地展现在屏幕里，夏天轻点自动跟踪锁定键，画面即随着刘家姝面部的移动而移动开来。

伦敦驻英使馆内，张易阳接到了夏天打来的加密电话：“目标锁定，请示是否实施一套方案？”

“好，可以实施，随时注意情况变化！”

夏天按照事先掌握的电话号码，用虚拟显示方式，向刘家姝拨打过去。

“你是我的小呀小苹果，怎么爱你都不嫌多……”电话彩铃响了起来，刘家姝有些诧异地握着电话，犹豫了几秒钟开始接听：

“爸爸，你在哪？你不是说不用这个电话了吗？”

电话这头没有回话，只有断断续续的电流声。

“喂，喂，爸爸，怎么听不见你说话？”

电话断线，刘家姝有些纳闷儿，又过了几分钟，她回拨了那个电话，但得到的却是“你拨打的电话已关机或不在服务区”的标准提示音。

刘家姝有些发愣，一会盯着电话，一会又望望窗外。

利用这个间隙，夏天迅速地用软件锁定了刘家姝的手机。

过了一刻钟，刘家姝用手机拨通了另外一个电话，号码立即显示在夏天的屏幕上，解析结果：号码归属地美国洛杉矶。电话那头，传来一个男子有些沙哑的声音：“喂，家姝，你怎么打过来了？不是告诉你有事儿我找你的吗？”

“可是爸爸，刚才不是你找的我吗？显示的是你原来用过的那个号码。”

“啊？啊！没有啊！你别问了，这段时间我不找你你就别找我，有事儿去找你钟叔叔！赶紧挂电话！”

接着，监听器传来“嘟，嘟，嘟”的断线音。

张易阳将夏天汇报的情况及时地报给了国内，与此同时，国内调查组在山西的调查工作也卓有成效地展开，刘青山与矿老板和私营业主甚至文物商贩的权钱交易情况逐渐浮出了水面。一些明暗的账务往来将刘青山的海外资产轮廓也大致勾勒了出来，这是一条贪婪的大鱼，二十多年来，牟取的不义之财近十亿元！中央反腐败国际追逃中心决定加大对刘青山资产追缴和查封的力度，而缉拿刘青山成了当务之急。

根据夏天提供的电话号码，美国小组及时采取了跟进行动，但由于通话时间太短，没有查到具体位置，但收获还是巨大的。首先，明确了刘青山在美国洛杉矶；其次，也是最重要的，手机的登记名是约翰刘，这是眼下追缉刘青山最重要的线索。

整个晚上，刘家姝都待在图书馆里。图书室很安静，但杨立炳从特制的玻璃镜片里看到刘家姝时不时走到书架前，不断地变换手中的书。通过调焦对镜，杨立炳发现她找的似乎都是法律方面的书，而且还大多是英文版的中国刑法学著作。看来，刘家姝预感到她爸爸存在问题，也有些为他担心了。快十二点的时候，刘家姝起身走出图书馆，向宿舍方向走去。

杨立炳随即也离开图书馆，在门外拨通了夏天的电话：

“她整晚都在翻看法律书籍，显得有些心神不宁，现在离开图书馆了，正往寝室方向走去。”

“嗯，你也回来吧，别跟得太近，直接回房间。”

回到寝室，夏天已经洗漱完毕。

“辛苦了一天，你也早点洗了休息吧。”夏天笑着对杨立炳说道：“今天晚上应该没有什么事儿了。”

杨立炳有些迟疑地问：“她会不会晚上出去？”

“不会，看得出她应该是一个单纯的女孩子，这么晚了，她会去哪儿？再说，我们已经锁定了她的手机，即使出去，我们也不会不知道，安心睡吧！”

杨立炳躺下后，很快就进入了梦乡，但夏天却久久没有入睡。她把刘家姝的电话录音用耳机反复听了几遍，对照晚上其在图书馆的表现，她确定明天刘家姝极有可能去找那个“钟叔叔”。

夏天把她的判断告诉给了张易阳，并让他安排好人准备随时布控。

刚过上课时间，“万能宝”的工作绿灯就亮了起来，刘家姝在拨打电话，第一个电话是打给一个同学的，说自己身体不舒服让她替自己请个假。过了大约十分钟，刘家姝拨打了第二个电话，屏幕显示的号码是伦敦的。

“喂，钟叔叔吗？我是家姝，您今天在家吗？我想去您家一趟。”刘家姝的语调有些急促地在电话里说。

“家姝啊，是不是有什么急事？”

“嗯，我和爸爸通电话了，他说有事让我找您！”

“啊？好吧，那你过来。”这是一个中年男人的声音，不太标准的普通话，带有几分港粤的味道。

见刘家姝上出租车后，夏天和杨立炳也拦下了另外一辆车。

“跟着前面那辆车！”夏天用纯熟的英语对出租车司

机说道："注意别太近。"

夏天坐在后排，盯着只露出一小角屏幕的"万能宝"，刘家姝乘坐车辆的轨迹闪烁在上面。

"对，就这个速度，别太近，前面左拐，往右，再往右！"

经过半个多小时的跟踪，两车以一百米左右的距离一前一后来到了伦敦西郊的一个别墅区。别墅依山傍水，前面是一个面积约百亩的小湖，后面是一个一个缓坡，别墅一栋一栋梯次退后。别墅的密度不大，栋与栋之间有草坪、花草和树木，也有连接车道。

刘家姝的出租车在湖滨的一栋别墅前停了下来，按过门铃后过了约一分钟，铁门开了，一个貌似菲佣的微胖女人把刘家姝带进屋内。

夏天打发走出租车，和杨立炳钻进了赶来的张易阳和凌云风的越野车上。

"可以启动监听装置吗？"张易阳回头问夏天。

"可以，刘家姝使用的还是苹果手机，程序能够解析后门进入启动监听。"

"那如果换了别的手机呢？"凌云风也转头问。

"那得看是什么手机，"夏天边调试万能宝边回答："比如这个钟舒伯用的黑莓手机，由于专设了加密功能，解析就很困难了。"

"嘘！"夏天做了个噤声的手势，"万能宝"里传来了刘家姝的声音：

“钟叔，您知道我爸爸现在在哪里吗？”

紧接着出现早上和刘家姝通话的那个中年男声：

“我也不知道你爸爸现在在哪里啦，你不是说昨天刚和他通过电话嘛，你没问问？”

“没来得及问，他让我有事找你，他说他会和你联系。”接着刘青青把昨天通话的经过原委告诉了钟舒伯。

透过车窗外的树荫，张易阳望远镜头里，别墅的窗口，出现了一个头发花白的中年男人的身影，他向四处观望了会儿，随即拉上了窗帘。

“家姝呐，你来的时候，后边有车跟着你吗？”

“没发现啦，钟叔叔，我爸爸是不是遇到了很大的麻烦？”

“你爸爸呀，可能在国内官场与人结怨，短时间恐怕是不能回国了。”

“那他还方便来看我吗？我以后该怎么办？明年我就考研了……”刘家姝的声音被轻轻的抽泣声取代。

“看来这个女孩对他爸爸的事情不大知情。”张易阳感叹道：“她的人生轨迹，也将发生转变了！”

钟舒伯答应刘家姝有她爸爸的消息会及时告诉她，考研的事不用担心，自己认真学习就好，有重要的事情可以随时来找他。

“看来这个钟舒伯还不是个泯灭人性的人。”张易阳冒出一句感叹来。

“那也不一定哦，”凌云风接口道：“许多貌似温良仁厚的人，狠起来杀人都不眨眼的!”

经过国际刑警组织的协调，根据“约翰刘”登记的信息，美国小组取得了突破性的进展。“约翰刘”在美国的数亿房产和银行资产被冻结。但“约翰刘”却上天入地了一般，消失得无影无踪。

凌云风和反贪总局的两位年轻干警在湖滨别墅外蹲守了三天，一直没有发现特别的地方。而夏天和杨立炳也没有发现刘家姝有什么反常的举动，每天按照学校作息，上课吃饭睡觉，似乎她爸爸的事情暂时告了一个段落。

第四天，张易阳接到凌云风发来的信息：钟舒伯家里来了一位不速之客。随后发来了一张抓拍的照片，形象和五台山带回照片里的陈俊生极为相近，只是身体微胖了些，头发也变得有些稀疏。

“对，就是陈俊生!”经过脸谱识别系统的比对，相似度为99.9%，张易阳迅疾向凌云风他们发出了指令：

“你们一定想办法尽量看住他!”

“好，我们留一个人盯钟舒伯，两个人跟踪陈俊生!”

两个小时后，凌云风打来电话，陈俊生在伦敦东区一个红绿灯处，利用信号转换短暂的三秒钟摆脱他们的跟踪，失踪了。

很明显，陈俊生发现了有人跟踪，而且还选择了人口密集，道路复杂的街区玩了把反跟踪，其反侦察能力不可小觑。

由于没有执法权，凌云风他们只能采用相对原始的方式，为了避免不必要的麻烦，他们甚至连红灯都不敢闯，就更不用说别的了。

“狡猾的家伙!”张易阳在心底骂了一句，随即思考应对之策。

总体来说今天还是有收获的，陈俊生在钟舒伯家现身说明了两个问题：一是陈俊生还活着，二是他们依然来往紧密。这就给找到《贝叶经》下落，最后追回《贝叶经》提供了现实的可能。现在的重点就是进一步盯紧钟舒伯和刘家姝，并随时发现并掌握他们之间的关联，为下一步的侦查打开新的缺口。

四、惊弓之鸟

刘青山出逃后的日子并不好过，自从“11.03 矿难”事故发生以后，他的好日子就算到了尽头。

在新加坡脱离学习考察组后，他用假护照骗过海关辗转澳大利亚、加拿大到达了美国。但他知道，即使不逃，他的事情也会很快败露。这二十多年来，两面人的生活让他的精神世界充满了矛盾。一方面，作为进身之阶他需要实实在在的政绩，所以他的工作勤勉尽责，付出了一般人难以付出的努力，大学毕业后，他也从一名普通干部逐渐成长为领导干部，又从区县领导成长为市长、市委书记、副省长，他也常常为此感到骄傲和满足；另一方面，他又是欲望极强的人，对权力，对荣誉，对财富和美色，他都充满了渴望。初时他还能洁身自好，抵御各种诱惑；但随着地位一步一步提高，面对的诱惑也越来越多，各种欲望也开始不断膨胀，行为也就开始出格。经济上从小红包、小礼品、小玩件、小字画到股本红利、古玩玉器、国宝真品；生活上从放松约束到言行失当到恣意放纵到肆无忌惮，行为也从半推半就到习以为常到主动追求到威、逼、卡、要。一步一走进了犯罪的泥潭。

刘青山与钟舒伯的认识是在1995年，当时有人送他一幅《六尺观音图》，说是近代高僧竹禅上人为慈禧太后画的，一个从事古玩字画生意的朋友介绍他认识了香港佳士得拍卖行的字画鉴定师钟舒伯。这位朋友告诉他钟舒伯是字画方面的专家，尤其对佛门文物有着很深的研究。钟舒伯鉴定出这幅《六尺观音图》系民国时期的街头画匠仿作，从用笔、着色、留印以及纸张陈色各个方面向他讲授真迹和赝品的差异。这让刘青山十分佩服，以后每遇“淘得”的宝贝，都请钟舒伯鉴赏一番，偶尔也互赠一些小品，时间一长，竟也结成莫逆之交。后来，钟舒伯还依托刘青山的关系，往返于山西香港之间，做一些倒卖文物的勾当。

1997 年，香港回归祖国前夕，钟舒伯迁居英国，但依然保持着与刘青山的联系与往来。随着刘青山职务的不断升迁，钟舒伯时不时还替刘青山转移古玩字画，并以其伪造的“约翰刘”身份，在美国置办了几处房产。当然，这其中也免不了他的好处，进进出出的差价，也足够他在英国养尊处优了。

三年前，得知刘青山想将手中的巨额现金转换成易收藏的顶级珍品作长线收藏时，钟舒伯神秘地告诉刘青山，他知道一位朋友手里有一件东西，是大陆经香港流传出国的，与山西的五台山还有一些渊源。由于文史价值极高，二十年来一直没有现身公开场合。因为已经是世界孤本，其价值不可估量。但藏主由于财务原因，有意找一可靠买家出手，要价三千万英镑，合三亿元人民币。

当知道这件宝贝就是二十多年前佛门血案失踪的佛宝《贝叶经》时，刘青山有些惊愕，甚至有些害怕。但还是经不住这绝世孤品的诱惑，经钟舒伯与藏家的反复还价，最后以一亿五千万元人民币成交。这与那些老板赠送的价值几万元、几十万元的玉石古玩、书画印琻和多年“淘”来的藏品相比，绝对算是日光与萤火，不可同日而语。此时，恰逢女儿到英国剑桥读书，他想到了伦敦的渣打银行，把《贝叶经》藏到他自认为十分安全的地方。

来到美国后，刘青山不敢和以前认识的朋友联系。这些人在你风光的时候热情谦卑，如果这个时候去投靠，无异于自投罗网。他想象过晚年在海外自由穿行的日子，但没有想到会是东窗事发后的匆匆出逃。尽管他也曾经做过一些准备，悄悄办理过假护照，并用“约翰刘”的化名在海外的一些账户存了一些钱。可大多数还没来得及取，就被冻结。

几天前女儿的一个电话，让他苦心经营数十年的半壁江山坍塌，位于加州的几处房产被查封，以“约翰刘”名字办理的银行卡也全都成了废卡。之前取出的十万美元现金已经所剩无几，他躲藏在洛杉矶罗兰岗华人相对较少的一家旅馆里，苦思着对策。

时间又过去了几天，刘青山绞尽脑汁依然没有想出好的办法来。没有了护照，自己又被通缉，剩下的钱也不多，下一步该这么办？

这时，他想到了自己曾经帮过的一个人——肖申光。十年前，刘青山还在忻州市当市长的时候，曾经帮助过他。当时因为建设一个市民休闲广场涉及一块坟地拆迁。被拆迁户提出了十分苛刻的要求，一直无法达成协议，负责拆迁的部门以公共建设需要为理由打算强制拆迁。被拆迁户家的几兄弟上访到了他这里，其中就有当时在美国开餐馆的肖申光。刘青山为了顾全忻州的“国际形象”，指示有关部门进行了变通处理，这也算是给了肖申光一个大大的面子。回美国前，面相憨直的肖申光专程到刘青山的办公室表达谢意，并告诉他在美国洛杉矶餐馆的地址，说自己有不少朋友，以后去美国有事儿可以找他。

肖申光不就在这个罗兰岗吗？走投无路的刘青山想到了这个十年都未曾联系过的人。

傍晚时分，按照记忆中的地址，出租车还真的找到了“俊武中餐馆”。刘青山整理了下衣衫径直来到收银台前：

“请问肖申光肖老板在吗？”

一位华裔面孔的年轻女生望了他一眼，微笑着问到：

“先生，您是要订餐吗？”

“不是，我是肖老板的同乡，特意来看望他。”

“哦，那您稍等，”女孩子说完走出吧台对着楼梯间大声吆喝：“老板，有一位同乡找你！”

随即也从楼上传来一个中年男人的声音：“你带他上来嘛！”

推开房门，肖申光端详着刘青山的脸迎了上来，有些疑惑地问：“您是？”

刘青山满面堆笑抓住肖申光的手边摇边提示道：“还记得十年前那次你回忻州吗？不记得了？”

肖申光的目光在刘青山脸上停留了五秒钟，猛地一拍脑门：“您是刘书记！”说完向门口的女孩扬了扬头，女孩很识趣地退了出去，并顺手带上了房门。

肖申光热情地邀请刘青山坐下，为他沏上一杯茶，然后试探着问：“刘书记是来美国考察吗？”说完自己都觉得很荒唐，哪里有这样考察的？

“这个，肖总，我也不和你兜圈子，其实我这次真的是来求你帮助的！”刘青山有些尴尬地冲肖申光挤出一丝苦笑接着道：“我知道你在美国有办法。”

“有事情尽管开口，只要我能办到的一定帮您。”

“好！我没看错人，肖总是个爽快人！”刘青山忽地压低声音道：“你能够尽快帮我办本护照吗？”

“哪个国家的？美国的很难，容易被查出来，东南亚的好办，比如泰国、马来、印尼和菲律宾的相对容易些。”

“那你就给我办一个泰国的吧。”刘青山想到自己去泰国的次数比较多，还勉强会几句泰语，提出了自己的想法。

“可以，争取一周之内办好，”肖申光略一停顿，有些难为情地道："就是这个，这个费用大概需要五万美元，如果要更快的话还会多点。"

"当然越快越好！费用不是问题。"说这个话的时候刘青山尽管显得很轻松，但心里还是不免打鼓。他身上的现金已经不多了，如果不尽快办好护照，他就只有窝在洛杉矶混吃等死。只有拥有合法的身份，他才可能想办法去变现那些还没冻结的财产。

走的时候，刘青山留下了两万美金的定金和照片，为了联络方便，肖申光也给了他一部手机。

刘青山没有想到出逃后会这么艰难，以前他曾无数次想象过到美国后美好的晚年生活，有雄厚的财力做后盾，呼吸美利坚的自由空气，与女儿共享天伦之乐，与朋友钓鱼划船谈天说地。他甚至从来都没想过要和肖申光这样阶层的人来往，更没有想到会像今天这样狼狈地登门求助。没办法，人无路时气自短，狗急了还跳墙呢，过一关是一关吧！

回到宾馆，他迫不及待地给钟舒伯发过去一条信息："公司急需二十万资金周转，产品成本售出，尽快到账。"这是用暗语告诉他出手几件玉器字画，打二十万美元救急，按照原来的约定，他的落款没用刘青山，而是用了自己的一枚闲章的名字："牧草"。

等了两天没见回音，他又发过去一条信息："急，尽快！"

还是没有回音，他试着拨打了一次电话，居然是关机，刘青山心急如焚！

第二天，肖申光打来电话，护照已经做好，让他再准备八万元美金到餐馆取货。刘青山既高兴又担忧，高兴的是自己终于有了可以自由行动的身份，担忧的是自己现在没有那么多钱，肖申光会给他护照吗？

怀着忐忑的心情，刘青山来到了“俊武中餐馆”。

“钱带来了吗？”肖申光的态度明显没有前几天初见时那么客气。

“带来了，可是还稍差一点。”

“差一点？你不是说钱不是问题吗？”肖申光眉头一皱，甚至还露出了一丝凶相。

“是这样，你知道我走得匆忙，手上现金不多，你放心，有了护照我会很快取到钱的！”刘青山有些急切地解释。

“那这样，护照我先替你保存着，拿到钱再来取！”说完，肖申光转身逐客。

“别别别呀！我先给你六万美元，你把护照给我，剩下的两万美元等我取到钱加倍，不，十倍给你！好不好？”

肖申光转过身，用阴鸷的眼神打量着刘青山，然后问道：“你到哪里去弄钱？要多长时间？”

刘青山略微舒了口气：“我明天就去英国，我女儿、朋友都在那边，一周之内保证补齐，二十万美元绝对不是问题！”

“好！那我就先给你，如果到时候不给足钱，哼！”肖申光的脸沉得有些可怕：“别以为我不知道你是逃跑的贪官，对付你的手段可多的是！”

怀揣着八万美金换来的假护照，刘青山的心哇凉哇凉的。几十年来高高在上的他何曾受过这样的侮辱，明知道是毫无尊严的嗟来之食，还得腆着脸去乞求。他真切地感受到了什么叫“虎落平阳被犬欺”的滋味。他一刻都不想再在洛杉矶停留，回到宾馆，便预定了飞往英国伦敦的飞机。

五、对症下药

北京“009”专案组的高层们也没闲着，张志鹏副局长召集杨柏晨副厅长以及另外几名专案组领导成员开了多次案件分析会。根据英国小组和美国小组反馈回来的情况，专案组对工作重点进行了调整。美国小组通过对刘青山以前电话和“约翰刘”的电话进行筛选分析，重点加强与刘青山通话和往来人员的摸排与监控，继续查找刘青山以及隐匿财产的线索。撤回香港小组，加大山西矿难涉腐人员与刘青山案件的侦查力度，摸清刘青山涉案财物的所有流向。英国小组则重点在通过监控钟舒伯、陈俊生、刘家姝的电话和行踪，力争“钓”出刘青山，找到《贝叶经》。

接到国内的指示，张易阳也有些坐不住了，这几天看似风平浪静，但从陈俊生甩掉跟踪这个情况看，张易阳知道对手这几天也在思考着对策。刘家姝这些天出奇安静与那天阅览室的焦躁反差太大，她一定在等待着什么。陈俊生摆脱跟踪后，渺无音信，会不会蛰伏不出？最让他担心的是钟舒伯，从种种迹象看，他在刘青山案与《贝叶经》案中都起着关键的作用，他的镇定恰恰说明这个人万万不可轻视。如果这样被动地耗着，于案件的侦破是十分不利的。张易阳与凌云风商量后决定打草惊蛇。

从哪里着手呢？刘家姝毕竟是一个单纯的女孩，而且她也所知甚少，目前惊动她既无必要，也不会产生效果。

“我看可以从钟舒伯那里着手，”来回踱步的黄处长停下脚步，扬起头对张易阳道：“先模仿刘青山的口气给他发信息，看看他的反应。”

“嗯，正好我们的‘万能宝’软件刚升了级，试试解析的效果！”夏天也应和道。

“唉，”凌云风轻叹一口气：“可惜我们在这里没有执法权，要是直接把钟舒伯传来讯问，问题就简单多了！”

“好！说干就干，”张易阳对夏天道：“夏天，你先拟个草稿我们一起斟酌斟酌。”

张易阳、凌云风一行四人赶到钟舒伯所在的湖滨别墅区，两位值守的干警示意钟舒伯在家。

张易阳指示夏天用虚拟的美国区号向钟舒伯发一条短信：“遇到了一些麻烦，我来英国找你，暂时别告诉家妹。”

没有回音，但半个小时后，钟舒伯开着一辆车牌为“L19KFR”的蓝色美洲虎轿车驶出别墅往伦敦东部方向急匆匆地驶去。

“不用跟太近，”夏天对驾驶位上的凌云风说道：“三百米范围内都可以有效跟踪。”

凌云风驾驶着租来的路虎车，与美洲虎车保持在两百米到两百五十米的距离跟踪着，夏天的电脑屏幕上绿色的道路一个小黄点清晰地闪烁着向前快速移动。

“嗯，看来软件升级后的效果不错！”夏天有些兴奋地说。

张易阳全神贯注地盯着前面的“美洲虎”车，对凌云风说道：“也别大意，尽量争取在我们的视线范围内，注意车速的把握，别让他有被我们的车‘咬’住的感觉就可以了。”

和上次跟踪陈俊生一样，经过近半个小时的追踪，进入伦敦东市区后，钟舒伯的“美洲豹”车不停地变换节奏，时快时慢，似乎在刻意试探有没有追踪。侦查经验丰富的凌云风依然保持着相对均匀的速度，与“美洲豹”车保持着时近时远的距离，以消除其疑虑。在一个交通繁忙的三岔路口，狡猾的钟舒伯再次玩起了陈俊生的伎俩，减速等待绿灯即将转红的一瞬间猛的一脚油门冲了过去，并迅速地转过两个街口。

夏天电脑上的小黄点渐渐变得微弱，“幸好行进方向是清晰的。”夏天小声地自语。六十秒后，凌云风加大油门，沿着“美洲虎”车的轨迹追了上去。

“注意，停了，停了！”夏天冲凌云风喊道，屏幕上的小黄点静止下来。

“嘟，嘟”不一会儿屏幕上的一个红色指示灯亮了起来。

“哈喽，”一个明显不是钟舒伯的男声透过夏天的耳麦传了出来。

“你在家？我马上上来，”钟舒伯用带港腔的粤语说完迅疾挂断了电话。

“跟上去，找到他停车的位置！”张易阳有些兴奋，看来今天的跟踪是有收获的，不仅得到了陈俊生的电话，还找到了他的巢穴。

沿着电脑上指示的轨迹，凌云风把车开进了一个地下停车场。“美洲虎”车就停在临近电梯口的一个拐角处。

“妈的，真想上去逮住他们！”凌云风狠狠地说。

“你呀，就知足吧”，张易阳笑着对凌云风道：“如果没有夏天手上的‘宝贝’，我们还真不知道从哪里入手呢！”

“嘘！”夏天用手指示意，耳麦里传来了两个男人的对话声：“老板，您怎么过来了？打个电话我就过去呀。”

“这些天我感觉有些异样，我房子周围恐怕不太安全。”

“那有什么要我做的？”

“刘青山要过来，不能让他去我那里，你直接去机场接他！”

“哦，好的，我先找个地方安顿他。”

对话的声音越来越小，后面有些听不清了。

大约过了一刻钟，钟舒伯从电梯口出来，左右张望了一会，然后开着“美洲虎”车驶出了车库。

“还要不要跟踪他？”凌云风回头问。

“不用了，”张易阳想了想，说道：“让小李他们两人继续在湖滨别墅外守候，我们把重点放在这里，一定要争取通过陈俊生找到刘青山！”

夏天把手机监控对象调整到刚才通话的陈俊生电话上，大家全神贯注地等待着，但直到中午，陈俊生却像是睡着了一样，毫无动静。张易阳与留守湖滨别墅的干警进行了联系，钟舒伯一直没有回去。

“我们可能上当了！”张易阳神情凝重地道：“看来我们还是有些轻敌，哼！狡猾的家伙！”

从眼下情况分析，钟舒伯、陈俊生远比大家想象得要复杂狡猾，今天的跟踪即使没有被发现，但至少是在其防备之中的。钟舒伯开车到陈俊生家有两种可能：一是夏天发出的信息起到了作用；二是刘青山从另外的渠道与他进行了联系，或许刘青山真的今天要来英国。

机不可失！张易阳脑子里迅速掠过一个方案：通知在使馆负责联络的刑总黄处长立即带上刘青山的照片与国际刑警组织伦敦中心进行联系，务必尽快去机场筛查每一个从美国尤其是洛杉矶飞往伦敦的亚裔人员，如果发现与照片相近的，立即进行人脸识别比对，及时进行抓捕。

刘青山是国际刑警组织批准的红色通报榜上人员，英国作为国际刑警组织缔约国，对犯罪事实清楚的嫌疑人有协助抓捕审查的义务。但是，英国和中国没有引渡条约，如果刘青山落入英国警察手中，最后有两种可能：一是按照英国的相关法律追究其刑事责任，如“洗钱罪”“非法倒卖文物罪”等；二是因为身份问题，手续虚假或者不完备，被遣送回国。而按照经验，第一种的可能性更大，而且时间漫长。

张易阳拿不准刘青山会不会真的出现，会以什么面目出现，最后的结果会怎么样，他暂时陷入了选择矛盾中。张易阳将情况报告了北京方面。

北京方面指示：在没有摸清楚《贝叶经》准确去向和刘青山行踪之前，暂时不要惊动英国警方，调查活动宜在英国法律许可的范围内隐蔽进行，不得引起不必要的国际警事纠纷。

看来必须调整工作策略，现阶段的重点任务是摸清情况，把控局面，等待时机。

张易阳让夏天把电脑雷达对象调整到钟舒伯号码上，由于没有在探测距离范围内，原来的红点呈现出灰色状态。

“走，我们往机场方向试试!”

按照导航指示，路虎车向伦敦西郊的希思罗机场驶去。

钟舒伯离开地下停车库后，按照他和陈俊生的安排，直接开往伦敦机场，路上他反复回味了刘青山发的信息，总觉得有地方不对劲，于是他用车上的另外一个备用电话拨通了署名“牧草”的那个手机号码。

“喂，老钟吗?”

钟舒伯听出电话里是刘青山的声音，轻声问道：“老刘，你这个电话安全吗?”

“电话安全，你怎么现在才回我的电话呀？我现在十分缺钱，你给我准备二十万美金，我买了下午的飞机，你来机场接我一下！”

“千万别急，你现在不能过来，这边有人盯梢，恐怕你一来就落入人家的口袋了！”

“那怎么办？我现在是度日如年，这个时候你可不能不帮我啊！”

“对了，今天早上你用别的号码给我发过信息吗？”

“没有啊，什么内容？”

“好吧，你暂时待在那边，钱我来想想办法，不过不能太急，等我联系你，先挂了。”

钟舒伯知道，自己也被人盯上了，但他也知道至少他现在在英国暂时是安全的。他入英国籍十多年了，尽管以前没少干违法犯罪的勾当，但在英国还没有让警察如此上心的事。这不过是因为刘青山的事牵涉到了自己，只要自己适时做好切割就没什么大不了的。而眼下，他还不想完全切割，因为这个时候恰恰是利用刘青山的走投无路，可以狠狠敲他一笔的大好时机。

自从二十年前替刘青山鉴定《六尺观音图》相识以来，他和刘青山就建立了千丝万缕的联系。他时常用自己的专业知识替刘青山的“藏品”进行鉴定，自己也从刘青山的治下“发掘”并转运出不少古玩字画、玉石青铜等。他们之间也交往出了一些“友情”，刘青山的一些海外事项，大都委托钟舒伯代理。尤其是近几年，他不仅为刘青山的女儿办理了英国的留学，还用“约翰刘”的假身份，替刘青山购置了别墅、股票，还替他储藏了不少“藏品”。三年前，为了缓解股票投资失败的资金压力，钟舒伯假借他人之名用一千五百万英镑的价格，把自己珍藏了十多年的《贝叶经》卖给了刘青山，但内心十分不舍。由于来路不正，价值数亿美金的《贝叶经》无法进入市场，钟舒伯只好将这一宝物以不到本身价值十分之一的价格卖给在山西忻州工作过，知道《贝叶经》的价值，又有着强烈收藏愿望的刘青山。现在情况不一样了，刘青山东窗事发，如热锅上的蚂蚁，兴许可以趁火打劫，再度得手。刚才通话的时候，他差点就忍不住问他《贝叶经》的事情，但在这样的时候问容易引起刘青山的警觉和反感，最后还是忍住了。凡事不可操之过急，只要刘青山不落入中国警方之手，希望就还在。为了稳住刘青山，他答应为他筹措资金，但他也知道现在这样的情况下，要转几十万美金过去，实在不是件容易的事。

钟舒伯将车在机场转了几圈，然后驶回了别墅。回去的路上，他注意观察了所有的尾随车辆，没有发现什么异样。别墅周边也很正常。但是想到最后那条信息，他还是心有余悸，从信息内容看，盯上自己的毫无疑问是追查刘青山的中国警方，但他们是如何知道自己的电话的呢？他知道英国与中国没有引渡条约，即使国际警事合作，一般情况下也是不可能联合办案的。那电话号码泄露就只有一种可能，对方锁定了刘家姝的电话，号码是她与他通话时被盯上的。看来原来的电话是不能用了，幸好自己还有备用的。

回到家里，他开始思考对策。要安全，就切断与刘青山和刘家姝的一切联系，这样自己英国籍的身份就可以保全自己。但想想《贝叶经》，他又心有不甘。二十年前他从易彪手上得到《贝叶经》时，几个晚上都没睡着觉。他知道《贝叶经》的价值，从报刊上也知道了它的来路。后来，他还和陈俊生专程去五台山以禅课为名，向慧远大师询问过《贝叶经》的渊源。从慧远大师的悲愤和惋惜中，他明白，这件稀世之宝在三五十年内是很难走上台面的。如果不是与刘青山的特殊关系，如果不是刘青山也恰巧知道《贝叶经》的价值，钟舒伯是不可能以一千五百万英镑卖给刘青山的。他知道刘青山买去的目的是作子孙藏，不到万不得已，他不敢也不可能随便出手，这其中的利害关系，刘青山是知道的。因而，钟舒伯内心一直都还惦记着这件宝贝。卖给刘青山，在他心里不过就如抵押在他那里一样，合适的时候，他会想法赎回来的。为了《贝叶经》，他不能切割，如果刘青山被中国警方抓住，那很可能《贝叶经》也会落到中国警方手中，不光他的梦想会落空，自己获得

《贝叶经》的来路以及和刘青山的种种瓜葛都有可能给自己带来麻烦，甚至是牢狱之灾。眼下他要做的是，在中国警方抓住刘青山之前夺回《贝叶经》，最后让刘青山在中国警方的视野里消失。

张易阳他们的路虎车在开往希思罗机场的途中，发现了钟舒伯的信号，就在对应的车道上迅速变强，又一闪而过。凌云风选择在最近的标志处转弯掉头，向返回的方向跟了上去。

"美洲虎"车不紧不慢，悠闲自得地开回了湖滨别墅区，径直驶向钟舒伯的别墅。

"没有发现刘青山的身影！"一直在湖滨别墅外值守的干警报告："车里就钟舒伯一个人。"

"真窝囊！"停下车，凌云风一巴掌拍在方向盘上："从来就没办过这么憋屈的案子！"

"莫急莫急，"夏天笑着安慰道："至少他们都还在我们的掌握之中。"

"这几天刘家姝的情况怎么样？"张易阳问夏天。

"杨立炳一直在观察她，没有发现什么异常，反倒是觉得她一心都在学习上，似乎只是平心静气地等待着什么。"

"我想对刘家姝的观察还要再细致一些，这种平静应该是暂时的，从眼下的情况看，刘家姝最有可能出现新的线索！”张易阳望了望凌云风，接着说道：

“你们想想，现在刘青山成了惊弓之鸟，《贝叶经》他能随身带吗？他现在最牵挂、最信任的人是谁？我们能够想到这点，那么钟舒伯、陈俊生呢？我们一定要和他们抢时间！”

“对！”“嗯。”凌云风和夏天不约而同地点头应和。

“现在我们要分三个组分别行动，老黄和老凌各带一名干警监视钟舒伯和陈俊生，我、夏天和杨立炳具体负责对刘家姝的跟踪和观察，不放过任何的蛛丝马迹！”

“好！”“那我们就分头行动。”

六、一把钥匙

“刘家姝同学，”刘家姝吃完饭去上晚自习的时候，学院传达室的传达员叫住了她：“你有一件包裹。”

五十米外的杨立炳透过特制望远眼镜看见刘家姝走进了传达室，不一会手里拿着一个首饰盒大小的东西走了出来。

刘家姝左右前后望了望，迅速打开了包裹，里面有一把精致的钥匙和一张字条。刘家姝认出这是她爸爸的字迹：“这把钥匙很重要，千万收好，任何人都不要给！切记！切记！”刘家姝立即收好包裹，返身往宿舍走去。

杨立炳及时把情况短信告诉了留在寝室的夏天，自己则继续在校园内的草坪散步，等待刘家姝的再次出现。

夜色暗了下来，刘家姝熄灭灯光后离开了寝室。望着刘家姝低头远去的背影，夏天不禁有些同情起她来。资料上显示刘家姝很早就在一场车祸中失去了母亲，她是外婆一手带大的。尽管同情，但夏天丝毫不敢放松自己的工作。接到杨立炳的短信，她及时把情况向张易阳进行了汇报，对可能出现的情况进行了预判。包裹是谁寄来的？钥匙有什么用？纸条写的是什么？这个情况除了被我们发现还有谁可能知道？但愿刘家姝不要卷入更深的旋涡！

刘家姝离开寝室约一个小时的时候，定向监听器传来了轻微的窸窣声，夏天立即用望远镜紧盯着对面的窗口，一束微弱的亮光在对面寝室里扫来扫去，同时还夹杂着翻动物件的声音。

一定是对手也得到了消息！夏天来不及多想，立即奔到楼下的院子，对着对面的窗户用英语大声呼喊："抓小偷！楼上有小偷！"

顷刻，几间原来黑着的房间开亮了灯，一个黑影从对面的楼道飞一般地跑了出来，向校门方向奔去……

接到电话的张易阳立即跳下车直奔学院大门，在距大门五十米附近观察动静，几分钟过去了，一直没见人影出来。

怎么回事？时间一分一秒过去，张易阳一边警惕地注视着大门，一边思考着，难道对方隐匿在了校园中？他到底要干什么？要不要进去看看情况？正在张易阳犹豫间，只见一道模糊身影从门里飞快奔出，张易阳立即向黑影迎上去。见有人迎面而来，狡猾的黑影一个虚晃折往剑河边，张易阳也死咬着奔了上去。见实在无路可逃，黑影回转身狠狠地瞪了张易阳一眼，一个纵身跳入剑河中。张易阳认出此人正是陈俊生，他正待跟上追击，这时手机响了："张处，你赶紧来图书馆！刘家姝被迷晕过去了！"电话那头传来杨立炳急切的声音。

图书馆外有些冷清，杨立炳搂着刘家姝斜坐在树荫下的一个露天靠椅上。赶到的张易阳小声问："怎么回事？她有受伤吗？"

"应该没有，刚才刘家姝从图书馆出来刚走到这里，忽然从对面的树丛里钻出一个男人用手捂住了她的脸，幸好我及时出现，他丢下刘家姝就向校门方向跑了。"

"好了，我先去车上，让夏天过来，我们马上送她去医院。"

好险！张易阳边开车边想：对方明显是在找那把钥匙，为了钥匙甚至不惜绑架刘家姝，而且对刘家姝的行动规律了如指掌。绑匪今天这样明目张胆，甚至近乎疯狂，说明这把钥匙很重要，那这会不会就是找到《贝叶经》的钥匙呢？

把刘家姝送到医院后，张易阳迅速赶往伦敦的中国使馆，请使馆工作人员与他一同来到医院，完善手续。

“我这是在哪？”几个小时后，醒过来的刘家姝推开身上雪白的被子，冲坐在床边的夏天和杨立炳问。

“这是在医院，”夏天和蔼地望着刘家姝轻声地问：“你还记得昨天晚上的事儿吗？”

“昨天晚上……”刘家姝眯着眼喃喃自语：“昨天晚上，我自习完回家……回家，一个黑影？”她忽地露出惊恐的神情，又满是疑惑地望着夏天和刚从门外开门进来的使馆工作人员：“你们，你们是谁？”

夏天轻轻地握住刘家姝的手：“别怕，家姝，这位是中国大使馆的刘秘书，我和杨立炳是剑桥的交流学员，我叫夏天。”

接着，夏天告诉她，昨天晚上她被一个歹徒弄晕正要带走，幸好遇见了路过的杨立炳，是杨立炳和她送她到医院，并通知了中国使馆的工作人员。

刘家姝渐渐有些放松，但还是用警惕的目光在夏天和刘秘书的脸上扫来扫去。

“你知道昨天为什么有人要迷晕你绑你走吗？”

“不知道。”刘家姝边说边摇头，眼睛里露出不安的神情。

“看来，如果不加强防范，你会有生命危险！”夏天伸出手轻轻拍了拍家姝的臂膀：“别怕，家姝，有我们在，你不会有事的！”

刘秘书也低下头询问刘家姝：“在伦敦，你还有什么亲人吗？”

“没有亲人，只有一个钟叔叔，他是我爸爸的朋友，可是……”刘家姝欲言又止。

“好的，”夏天察觉到她的犹豫，转头对刘秘书说道：“一会出院后还是先安顿她到使馆去休息吧，等消除了危险再回学校，”接着又回头望着刘家姝：“好吗？家姝。”

“嗯”，刘家姝想了想，轻轻点了点头。

住在使馆的来宾休息室里，刘家姝慢慢回忆起昨天晚上的事，不禁生出几分寒意。他不知道爸爸为什么要寄一把钥匙给她，但昨天晚上从阅览室出来，刚走近门外那棵大槐树时，一个黑影就朝她扑了过来，并用一块湿漉漉的手帕蒙住了她的面部，她甚至还没来得及感到恐怖，记忆就在那时断了片。她想到了自己的爸爸、外婆和已经离世十年的妈妈，回忆起了小时候的一些往事，慢慢地进入了梦乡。梦里，外婆慈祥的面容虚化成了佝偻的背影，爸爸急匆匆地走了过来，使劲地拽着他的手，可她就是走不动，一个黑影追了过来，离他们越来越近，她大声地叫了出来："爸爸！爸爸快走！"

"怎么了？家姝。"迷迷糊糊中，刘家姝看见一张清秀俊美的脸，忍不住差点叫出了"妈妈"，可仔细一看，原来是夏天。

"是不是做噩梦了？"

"嗯。"刘家姝揉揉眼睛，感觉头还有些晕。

"来，我给你检查一下吧！"夏天打开十字箱，取出血压计、听诊器和一台电脑，边给刘家姝检查身体边用轻柔的语调问询一些远远近近的问题，慢慢地刘家姝又进入了梦境。

"怎么样？有什么收获吗？"夏天刚一进门，张易阳和凌云风就围上来问。

"嗯，钥匙在图书室12号位的座垫缝里，得赶紧派人去取！"夏天说完，凌云风自告奋勇地说："我和杨立炳马上过去！"

"好！"张易阳接过夏天手中的电脑兴奋地问："还有些什么情况？"

"字条是刘青山写给家姝的，上面还有一个电话号码，估计是他的新号。"

"太好了！"张易阳抑制不住内心的激动接着说：

“我们要赶在钟舒伯他们之前找到刘青山!”

“对，为保证家妹的安全，她暂时就留在使馆，”夏天有些恻隐地说道：“这孩子其实有些可怜，母亲过世早，父亲又这样，唉!”

“必要的时候，还可以让她劝劝她爸爸，从目前的情况看，恐怕他回国投案自首于他和家妹都是最好的结果。”

从剑桥图书馆取回钥匙后，张易阳召集追逃组所有人员开会，大家一致认为，眼下首要任务是抢在对手之前找到《贝叶经》，而如何找《贝叶经》大家却有些分歧。因为没有密码，有的倾向通过伦敦国际刑警组织按照钥匙的编号请银行协助缺密码开锁，有的则倾向于暂时不惊动伦敦警方，尽快找到刘青山，讯问密码取出《贝叶经》。

张易阳知道，这个时候要请英国警方协助专案组对银行动用刑事手段进行缺密码开锁并扣押涉案财物是有难度的，尽管国际刑警组织发布了对刘青山的红色通告，但在刘青山都没到案的情况下，如何证明这是涉案赃物？我们的调查活动，哪些可以得到英国警方的认可？或是调查取得的证据能够得到认可，那启动这个程序有多复杂？我们有多少时间可以等待？张易阳明白，虎视眈眈的对手也在和专案组抢时间，他们有刘青山的行踪，可以先得到密码。值得庆幸的是，专案组已经抢先得到了钥匙。

对这次夏天运用科技手段与心理引导所取得的成果，张易阳感到十分振奋。他没想到夏天手上一个看似普通的“万能宝”具有那么先进的功能，除了电话跟踪定位，定向监听，居然还可以进行意识追踪，逐帧成像，太神奇了！几年不见，夏天已经成为一个深不可测的刑侦技术专家，而她出神入化的心理引导能力则更是与“万能宝”水乳交融，相得益彰。

北京专案总部同意了暂时不惊动伦敦警方，尽快找到并劝返刘青山的工作方案。

如何尽快找到刘青山？经过商量，张易阳制订出了三步走的工作方案。第一步，打草惊蛇，加大对钟舒伯和陈俊生的跟踪监视力度，使他们的活动浮出水面，增加其压力，逼其露出狐狸尾巴。第二步，让美国组查找刘青山所用手机号的登记资料，找到与其相关的人员，使其无处藏身。第三步，由夏天和杨立炳一起做刘家姝的工作，向刘家姝讲清楚利害关系，让她配合追逃组用父女亲情感化刘青山，回头是岸。

领受任务的夏天与刘家姝进行了一次长谈，从家姝的童年、少年一直谈到大学的生活。在家姝心中，十年前母亲的意外离世，给她带来了深深的伤痛。她由外婆养大，她爸爸一直工作忙，很少有时间关心她，她印象中的爸爸，也就是那个在外忙碌，无暇顾及她的监护人。她的世界和别人有着不一样的色彩，自从妈妈离世，她就再也没有感受到父母的温暖，只有外婆是她心中的依恋。

刘家姝的经历，深深地感染着夏天，她告诉了家姝她父亲的部分真实情况，在当今国内反腐败高压态势和国际反腐合作日趋紧密的形势下，他不可能在国外过着逍遥自在的生活。只有自首立功争取主动才是唯一的出路。

“夏天，”刘家姝轻声问：“我可以叫你夏天姐姐吗？”

“当然！”夏天拉过家姝的手，动情地说：“我还真希望有你这样一个妹妹。”

“夏天姐姐，其实，昨天我爸爸寄给我的钥匙，我藏在图书室的凳子里，可能昨天有人想带走我就是想找这把钥匙。”

“嗯，这个情况我们知道，那你认识昨天想带走你的人吗？”

“身材有些像在钟叔叔家看到过的一个人，我还没看清那人的脸，就什么也不知道了。”

“家姝，现在这种情况下，你在外面是有危险的，只有抓住了想要伤害你的人，你才会安全！”夏天语重心长地告诉她：“而要抓住这些人，你爸爸的配合是关键！”

"夏天姐姐，我知道你真心为我好，你们安排吧，我争取劝说我爸爸早日投案自首。"

七、山穷水尽

钟舒伯阻止了刘青山去英国，可没有改变刘青山的囧境。这两天，肖申光不停地打电话询问那二十万美金准备得怎么样了，而钟舒伯这边却没有任何消息。眼看自己手上的用度也所剩无几，刘青山不禁有些焦急了起来。他迫不及待地打通了钟舒伯的电话：

"老钟啊，我等你的钱救命啊！怎么这么久都没消息呢?"

"老刘啊，"钟舒伯也不叫他刘书记或者刘省长了："这边盯得这么紧，你不能过来，这么多钱，怎么给你?"

"我现在确实需要钱救命，要不你找人给我送过来?"

"要不这样，"钟舒伯故弄玄虚地欲言又止。

"要不怎么样?"

"你这次的麻烦不小，估计需要很多的钱，要不我替你把《贝叶经》出手，钱，我亲自送过来。"

"狗日的狼崽子！"刘青山在心里狠狠地骂道，他知道钟舒伯这就是明目张胆地敲诈。自己存放在他那里的古玩字画，怎么价值也上百万英镑，这点钱，怎么就动起《贝叶经》的心思了？但此刻，他敢怒不敢言，只得先稳住他："那你先把钱准备好送过来吧，具体事项你过来我们详细谈。"

"老刘啊，我知道你把保险箱的钥匙寄给家妹了，你先把密码告诉我，我就直接带上支票过来找你！"

"你们把家妹怎么样了？要是家妹少了一根汗毛，我饶不了你们！"刘青山忍不住大声地吼了出来。

"你看看你，我们是老朋友嘛！你的女儿就是我的女儿，我会把她怎么样呢？现在这种情况下，《贝叶经》只有交给我保管才最安全，这也是为你们的长远着想嘛！"

《贝叶经》《贝叶经》，你们就知道《贝叶经》！简直是一帮毛贼！刘青山心中十分感慨：怎么就认识了这么一帮狼心狗肺的东西呢？以前在位的时候，这些人一副贴心可人的嘴脸，办事也分寸得当，也像是可以放心的人，可一到他虎落平阳的时候，他们就露出豺狼的本性了。刘青山感到从来没有过的沮丧。和这样的人打交道，不能给光了所有的底牌："你马上带钱过来，我会告诉你密码的！"

结束与钟舒伯的通话，刘青山调出家妹的电话号码，几次想拨通，但最后都忍了下来。很显然家妹的电话已经被监控了，上次的通话，让他原来的那个备用号码废掉了，如果再被追踪，他就会失掉与外界的所有联系。但此刻，他又十分想联系上家姝，想知道她现在的情况。他有些后悔把钥匙寄给了她。现在钟舒伯他们盯上家姝，不仅钥匙不安全，就连家姝也都会时刻处在危险当中。正在懊恼时，电话响了，手机屏幕显示的是家姝的号码。

“喂，家姝，你还好吗？”刘青山迫不及待地问。

“爸爸，我很好！”

刘青山不由得松了口气，但随即还是担心地问：“你在哪里？有没有人来找过你？”

“爸爸，您别紧张，我现在在中国大使馆，昨天有人绑架我，幸好被夏天姐他们救了，您等等，夏天姐和您通话。”

“家姝的爸爸吗？”对方传来清脆的女声，既没有称呼他刘省长，也没有直呼其名，倒有一种距离拉近的感觉。

刘青山不知道该如何应答，也没有选择挂断电话，他想听听对方会说些什么。

“我们是中国警方的工作人员，你现在已经被国际刑警组织通缉，应该知道我们已经布下了天罗地网，你在国外流亡的日子一定不好过，和你一起的是些什么样的人你应该比我们清楚，现在你又将自己的女儿置于危险之中，难道你就不担心吗？”

刘青山依然静静地听着，但眼睛却变得有些湿润。

“道理你不会比我们懂得少，你有没有认真想过自己最终的出路？其实你的态度决定着你自己和家人的未来，孩子是无辜的，苦海无边，回头是岸！你好好想想吧，这个电话将一直开着等你的回答。”

“爸爸，爸爸”，电话那边又换成了女儿家姝的声音：“您不能再执迷不悟了！”

“你让爸爸，好好想想……”刘青山说完急急地挂断了电话。他的内心在痛苦中煎熬。他知道，这些年他欠女儿的实在太多，自从妻子离世后，他就很少关怀过女儿，生命中那些来来往往的朋友和异性曾经填补过他一时的空虚，但只有当人落寞的时候，才能真正体会到亲情的珍贵。他也想过要好好补偿自己的女儿以及把女儿辛苦拉扯大的岳母，但现在看来，一切都已为时太晚。他甚至不能给他们一个最基本的生活保障！他知道自己回国将会面临的结局，所以他才亡命天涯，但这些日子的颠沛流离，他更体会到了什么叫丧家之犬。还好，女儿没有落入那些恶狼之手！

冷静下来的刘青山认真分析了情况，两个电话传达出来的信息表明，钟舒伯他们也在暗中监视家姝，从他们想要绑架家姝被中国警方阻止的情况来看，他们没有拿到保险箱的钥匙。但从钟舒伯想要密码的意思来看，他们对《贝叶经》没有死心，那就极有可能还想对家姝不利。

家姝在使馆！现在的刘青山反而心情放松了下来，从家姝电话里的态度来看，兴许，那把钥匙家姝也已经交给了中国警方，这样也好，至少比落入钟舒伯这些豺狼虎豹手里要好，自己也不必背负历史罪人的骂名。逃亡这么长时间以来，他竟然第一次感受到这样的轻松。

刘青山拿起手机将保险柜的密码给家姝发了过去，最后留下一句话："家姝，爸爸对不起你，也对不起国家，你要好好学习，不要活在爸爸的阴影里，要做一个对社会有用的人！"

接着他打通了钟舒伯的电话："老钟啊，你明天一早带一百万现金过来，我把密码和备用钥匙都给你们！"

收到刘青山发给家姝的信息，张易阳迅速召集大家进行了研判，凌云风提议马上安排去渣打银行提取《贝叶经》。

"你们没有觉得刘青山最后发给家姝的那段话有些异样吗？"夏天有些担忧地问："仔细看看，像不像是留给家姝的遗言？"

"对，现在时间就是生命，我们兵分两路，"张易阳进行布置："一路人马去渣打银行提取《贝叶经》，另一路负责与美国组联系，通过刘青山的新号码尽快找到刘青山”。

布置完毕，张易阳叫住了夏天：“夏天，你要不断地和刘青山联系，尽量争取更多的时间和有用的信息!”

“好!”

从下午到傍晚，刘青山的电话不断响起，显示的是家姝的号码，刘青山都没有接，给家姝发完那条信息，他不知道再和女儿讲些什么。最后，他索性关掉了手机。

早上起来，他走了几家药店，买回来一些药品，从冰箱里拿出一瓶酒在手上把玩。这时电话又响了起来，还是家姝的电话，他犹豫了十秒钟，最后还是按下了接听键。

“爸爸，”那边传来女儿的声音：“您还好吗?”

刘青山没有回答，听见女儿的声音，他的心中涌出一股久违的柔软，昨晚关闭手机后，他一直无法入眠。几十年的人生像电影一样在他的脑海里不断闪现，有奋斗的艰辛，有成功的喜悦，有灯红酒绿的诱惑，还有欲望下的沉沦和恐惧。而更多的，却是对亲情的回忆和愧疚。他欠女儿的实在太多，原来以为优越的物质条件可以弥补一切，但现在看来，没有什么比陪伴的关怀更真实、更珍贵。人生没有后悔药!

“爸爸，爸爸!”女儿的声音像小时候那样，直入心底。

“家姝”刘青山有些哽咽地叮嘱女儿：“记得有空的时候，去看看外婆，也去看看妈妈！”

说完，刘青山挂断了电话。两行老泪，顺着他的脸颊缓缓而下。

八、国宝回归

洛杉矶警方根据国际刑警组织提供的电话号码定位到了罗兰岗一家小型的居家式旅馆。当全副武装的警察赶到时，从刘青山租住的房间里弥漫出一股浓浓的煤气味儿。打开门，两个中年男人的身体横躺在室内的地毯上，嘴角及附近都是呕吐物，两只玻璃杯散落在两人身边，桌子上还有一只酒杯和半瓶酒。床上，刘青山衣冠整洁地躺着，简易厨房的燃气炉滋滋地冒着气，三个人都没有了脉息。室外警车顶部的红蓝警灯不停地旋转着。

与此同时，“俊武中餐馆”外，两辆警车也闪烁着警灯，两名警察反扣着肖申光从餐厅出来，将肖申光塞进第一辆警车。警笛骤然响起，呼啸而去。

北京首都机场，张易阳一行七人走下舷梯时，来迎接的队伍除了张志鹏副局长带领的专案组几名干警以外，还有国家文物局和民宗委的两位同志。但他们从张易阳一行的脸上，却没有看到胜利的笑容。

昨天，从美国组传来的消息，已经确认刘青山与钟舒伯、陈俊生三人在洛杉矶罗兰岗的一家旅馆里因一氧化碳中毒身亡。而凌云风他们从伦敦渣打银行取回的盒子里仅有 53 页的半部《贝叶经》和刘青山手写的一首古诗："兵象销时崇佛像，烽烟靖始扬炉烟。治平功效无生力，赢得村翁自在眠。"其余的一半《贝叶经》呢？

这不是他们曾经想象过的结局，更不是期盼中的高歌凯旋！

但是，回到专案组驻地，领导们还是为他们举办了庆功晚会。晚会上，张志鹏副局长走到张易阳跟前，拍着他的肩膀告诉他："明天，你还得带着你的小组出趟差，刘博文老师也一起去。"

"刘老师？没看见他呀！"

"那是你根本就没有留意我呀！"说话间，刘博文居然就出现在了张易阳的身后，笑着望着他和夏天。

张易阳喜出望外："刘老师，我正要请教您呢，雍正皇帝的那首诗究竟有何寓意？"

"这个嘛，你们传回来的那张字条我们进行了认真的分析研究，可能另一半《贝叶经》的秘密就在这首诗里面。"

"诗里面？五台山？"

"不，是重庆梁平。"刘博文露出了神秘的笑容。

一旁的夏天一拍脑门：“对了，家姝的妈妈也是梁平人！”

“梁平人，和我是老乡？那这和剩下的《贝叶经》有什么关系？”

“还记得刘青山打给家姝的电话里最后说了些什么吗？”

“‘记得有空的时候，去看看外婆，也去看看妈妈’？对呀，我们怎么没有想到这层呢！”

再次回到梁平，张易阳心绪难平，但他此刻无暇细细体味。在凌云风的带领下，他们很快来到了高梁山的最高峰——菩萨顶。

“按照资料显示，‘自在眠’和五台山上一样，也是建在菩萨顶左侧的天然山石上。”刘博文对大家说道。

“对呀，这里是块风水宝地，”凌云风解释道：

“菩萨顶以前也是庙宇庄严的，不过近百年来，寺庙荒废了，但这里的塔楼一直以来都存寄着很多善男信女的骨灰，也有专门人员管理。”

转过一道山梁，一座灰色的塔楼远远出现在大家的视线里。夏天和家姝扶着外婆也跟了上来。

“就是这里，”家姝外婆喃喃自语道：“哎，十年了，我可怜的女儿！刘青山也就是三年前过来看过她一次。”

“阿弥陀佛！”双桂堂的身真大师远远地迎了上来。

外婆从怀里掏出一个精致的小钥匙递给张易阳："就在第二层的106号位置。"

不一会，凌云风和张易阳捧着一个大号的寿盒出来，在石桌上小心翼翼地打开，盒体上侧露出一尺出头的一个红色包裹来。拆开外面的透明胶纸，再一层层剥开红色的锦缎，《贝叶经》终于露出金黄色的真容。

"没错！这就是剩下的那半部《贝叶经》！"刘博文激动地伸出手轻轻抚摸着微微泛着金光的经书，眼里竟闪耀着泪光。

"阿弥陀佛！功德无量！"身真大师也不停稽首，激动之情溢于言表。

半个月后，盛大的重庆梁平"双桂堂建寺三百六十周年暨国宝回归庆典"活动在梁平双桂堂隆重召开，全国各地及东南亚佛教界、文化界人士齐聚梁平，古老的梁山焕发出耀眼的光辉。

张易阳、夏天、刘博文和专案组成员应邀参加庆典。

参加完典礼，张易阳和夏天并肩走过双桂堂前宽阔的广场，信步登上象鼻山。山前，几排古老高大的柏树如华盖般地伸向半空，树下绿草如茵，一条道路弯曲着伸向远方。

在一棵粗大的柏树前，夏天停下脚步，回身凝视着张易阳："易阳，明天，我就要加入新的专案组，奔赴远方，这段时间和你一起工作非常愉快，这会成为我生命里最珍贵的记忆！”

“夏天，”张易阳情不自禁地拉住夏天的手：“我们美好的记忆何止这些呢，我希望这只是我们新的开端，我不会让你再离开我的视线！”

“可是，”夏天温柔地低下头，声音轻轻地：“你知道，我的工作行踪不定，这就是我的生活！”

“不，这是我们的生活！”张易阳紧紧握住夏天的手：“无论如何，我都会一直牵挂着你、等待着你！”

夏天抬起头，深情地注视着张易阳。

天边，一抹彩霞穿过云层，柔情地洒在他们执着坚毅的脸上……

后　记

这篇文章的定位是“非完全虚构文学”。很想去掉其中的“完全”二字，但现实永远比理想骨感。

发生在梁平双桂堂的“10.26”抢劫杀人案已经过去整整26年，案犯易彪也已认罪伏法，但国宝《贝叶经》却依然流失海外。每念及此，知情者莫不感心伤怀，扼腕叹息。

这篇文章之所以冠名《追踪》，主旨就是期望让更多的读者了解、关注《贝叶经》，进而能够为侦查机关提供哪怕是一丝一毫的线索，让《贝叶经》这一国宝重见天日，回归本原。

我们相信奇迹，也期待着奇迹的尽快出现！

（2017 年 5 月于重庆梁平）

转机

ZHUANJI

唐琅风流倜傥，城市规划海归博士。从名牌高校外放 M 市任副市长，分管城建，意气风发，踌躇满志。

外放三年，唐琅颇有建树。赢得口碑的同时，赢得了大批拥趸。其中夏蝉和黄権与唐琅交谊犹深。

夏蝉是 M 市一家建筑设计院实习的研究生，面若桃花，身材姣好，唐琅在视察该设计院时与其相识。

唐琅与夏蝉一见倾心，半年时间，关系由师生、兄妹直到如胶似漆的密友。奈何唐琅家有娇妻，虽彼此时时挂念，偶行鱼水之欢，却不能名正言顺出双入对。时间一长，夏蝉心生进意，欲取其妻而代之。唐琅言语敷衍，并无实际行动。二人间渐生龃龉。

黄権面相憨厚，是一个行事稳重的房地产开发商，比唐琅早两年来 M 市发展。因家乡与唐琅同属一省，初以老乡近之，后又大学均就读于京师，亦算学友，再后来较对生辰，竟同在一月，遂称老庚。三年时间，唐琅与黄権往来频繁，闲暇时一起喝茶、打球，比旁人亲近不少。唐琅交流外地，人地生疏，生活小事常得黄権照顾，却从未提过什么要求，深得唐琅信任。

最近，唐琅烦恼陡增，夏蝉实习期即将完毕，是去是留与唐琅态度密切相关。几经磋商无果，夏蝉给唐琅下了最后通牒：两个方案，一是离婚娶她，留M市工作；二是给钱走人，一百万元一个子儿都不能少。

唐琅心凉，没想到桃花好折，秋意难偿。原来那娇媚可人的淑女摇身一变，就现出凶蛮本色。离婚，万万不可，且不说家妻贤惠漂亮，相夫教子，行事得当。单就组织这关都难以通过，自己风华正茂，事业如日中天，为这事白白葬送前程，岂不因小失大，得不偿失？

渐渐的，唐琅降低了和夏蝉见面的频次，电话也接得少了，不是以开会，就是以检查工作搪塞。眉宇间多了愁苦几分，就连和黄権喝茶打球都常常心不在焉。黄権看在眼里，几次想问都没开口。

一日，上班时间，夏蝉打来电话，唐琅照例敷衍，夏蝉态度骤变：姓唐的，你休想甩了我！唐琅赶紧解释，此时，巧遇黄権突然造访，唐琅尴尬，急急挂断。

黄権憨憨一笑，谓唐琅曰：遇见什么难事儿了吧？为什么不告诉我这个老乡、同学和兄弟呢？

唐琅犹豫半刻，欲言又止。

此时夏蝉电话再次响起：姓唐的，我现在就在断魂崖上，限你半小时赶到，如果不来，我就跳下去！

声如蝉嘶，直捣脑核。唐琅面门上渗出细密的汗珠。

黄榷会意一笑，露出诡谲的神情，向唐琅点点头，勾手示意。情急之下，唐琅犹豫着把电话递了过去。

“喂，你哪位?”黄榷摁开免提键。

“你，你哪位?”听筒传出夏蝉游离而有些疑惑的声音。

“你别管我是谁！唐琅现在被我们扣住了，他欠我们三百万元，你是他什么人，如果你要救他，就赶紧先拿五十万元过来！”黄榷恶狠狠地说。

“你骗人，堂堂一个副市长，怎么会欠你们的钱?”

“哼，市长又怎么样，炒股亏了钱，不还就得卸手卸脚！”黄榷加重了语气，随即转头对唐琅道：“她是谁？是你的小三吗?”

唐琅会意，战战兢兢道：“不，不是，就一普通朋友。”

“哼，普通朋友？刚才和你说话叽叽歪歪的，是普通朋友吗？告诉我她是谁？在哪工作?”

“别别，这和她没有关系，你们的钱我一定想办法还……”

嘟嘟嘟……夏蝉挂断了电话。黄榷和唐琅对望一眼，露出微笑，黄榷追拨过去，电话那端很快传来忙音，再拨，听筒传出“您拨打的电话暂时无法接通”。

唐琅轻轻地舒了口气，脸上露出一丝复杂的苦笑。

很长一段时间，唐琅再没有接到夏蝉的电话，他还试着给她拨了几次，回音都是“您拨打的电话暂时无法接通”。

唐琅暗自庆幸，一场危机终于化解于无形，他甚至内心十分感激黄権不十分得体的强势介入。只是，心里隐隐有种说不出的滋味。

又一个周末，黄権约唐琅一起去漫滩广场打球。

漫滩广场改造是M市最大的开发项目，因前期规划尚未完成，暂未开工。

“下个月要开规委会吧?”茶歇间，黄権漫不经心地向旁边空地努努嘴，对唐琅道:“这个项目能不能把容积率提高到2.5%?”

唐琅一怔，漫滩广场项目本来争议就大，其容积率被限定在2%以内，而且这个项目也不是黄権开发的。

“这恐怕很难!”唐琅犹豫着问:“你是受人之托?”

“原开发商答应转让给我50%的股份，”黄権故作轻松地笑道:“前提是让我负责把容积率提高到2.5%。”

“这真的很难，你知道这么大的事，必须得由规委会决定，而规委会里还有书记、市长把关”。唐琅默想:当初因为考虑到漫滩广场项目的公益性，是自己坚持把容积率控制在2%以内，现在提出修改提高，此不是出尔反尔？让大家怎么看待自己？

“你是分管城市建设的副市长，这个项目控制指标2%不就是你定的嘛，只要你提出来，大家都没有意见的！”黄権刻意在“大家”两个字上加重了语气。

“难！这个事情恐怕不好办！”

“哦，难！”黄権憨厚的脸往上一提，眼里竟露出一丝阴鸷：“难道比处理夏蝉的事儿还难？”

唐琅不禁打了一个寒战。

黄権毛孔粗大的脸与夏蝉细腻红润的脸不停变幻交替，唐琅一阵晕眩。

早知今日，何必当初！

幸好，还没等到下次规委会召开，唐琅就收到了党校青干班学习的通知。真是天无绝人之路啊，唐琅暗自舒了一口气。

半年学习结束后，唐琅被调任省经开区主任。

上任第二天，春风得意的唐琅安坐在宽大的办公桌前，正盘算着如何大展拳脚，实现自己的美好梦想。

叮叮叮叮，传达室打来电话：“唐主任，门口有位女士找您。”

唐琅推开窗户，一个妖娆熟悉的身影映入眼帘。

是夏蝉！

不远处，那辆熟悉的奔驰车停在路边，一双车灯如黄榷那阴鸷的眼睛，一明一暗不停地闪着……

眼睛
YANJING

五一长假，一向喜欢外出游走的他因为单位篮球赛时被人撞了腰，负伤在家，所以除了看书就是上网了。

说来奇怪，以前一向热闹的网络，似乎在节日里忽然冷清了下来。喜欢的几个论坛也没有什么新帖。打开QQ，他的好友们一个个都灰着脸冷冷地挂在那里。

哎！节日里，朋友们都给景点增添艳丽去了，谁会像自己一样蜗居在家呢？他无聊地在网上四处逛着。

临近中午的时候，他的QQ出现了系统信息：一个网名叫“眼睛”的人要求通过身份验证。他查看了对方得资料，性别：女，年龄：二十岁。他当即发出了拒绝信息：“小姑娘，我可没有时间陪你解闷哦!”。但这个女孩却十分执著，接二连三地又发出了要求验证的信息，最后发来一段话：“你忍心拒绝一双关注你的眼睛吗？我读过你所有的文章呢!”

她的话终于让他有些感动，带着一丝好奇也带着一丝的歉疚，他加了她。她马上发了个高兴跳跃的QQ图象过来。

“小姑娘，你为什么叫这样一个名字呢?”他表示出自己的好奇。“因为眼睛是心灵的窗户啊!”小姑娘似乎很健谈：“还有眼睛也可以读出别人的心灵呢，比如读你的文章，我就读出了一个男人的豪情和不甘，也有女人的细腻与浪漫，当然更多的还是理想和现实的矛盾与面对这种矛盾的无奈和惆怅。”

嘿，这个丫头！年龄不大，眼光还蛮犀利呢。

“小姑娘”，他没有称呼她“眼睛”，因为这似乎不像一个网名，倒更像一道射向他的炯炯亮光。“你还在读大学吧？为什么不回家呢?”

“是啊，我正读一所永远也无法毕业的大学，我的心已经回家了，人还在异乡呢”。

说话够玄妙的，也不乏风趣和幽默，这无形中使他想到了正在异乡求学的妻子。他的好奇心更重了：“怎么想到今天找我聊天啊?”

短暂的沉默后，她发过一句略带犹豫的问询：“你，你真的很寂寞吗?”。

他没有立即回答，“眼睛”接着说：“我看到你写的《寂寞的心》了”，然后发过一个吐舌头的调皮动作。

说实话，这篇文章是他偶然听伍思凯的歌《特别的爱给特别的你》，因咀嚼“我的寂寞逃不开你的眼睛”潸然落泪，有感而发。我们的生命中，多少人有着这样一双始终关注自己的眼睛呢？寂寞，常常伴随着人生的每一个角落！

沉思良久，他发过去一个疑问："姑娘，你真的才二十岁吗？"

"是啊，永远的二十岁！"似曾相识的一句话，在哪里听过呢？在脑海里努力的搜寻，却没有立即找到答案。他们都沉默了，空气也变得有些凝固。透过银屏他恍惚看到了那双犀利的眼睛，忽而又变得有些忧郁，甚至有些伤感。

"你的腰伤好点没有？有没有买些活血化瘀的药？疼就不要硬撑，千万不要做剧烈的运动啊"。

天那，到底是谁呢？我受伤这件事连自己妻子都没有告诉的啊！他困惑了。

"你是谁啊？"

"你真的不记得我了？"

文字后面还带着一个伤心委屈的 QQ 表情，那向下弯曲的嘴角分明无声地诉说着隐隐的心痛。

"还记得我们曾经的约定吗？"

"约定？"

他呆呆地坐在电脑前，无言以对。

"眼睛"一直红红的亮着，约半小时的时间他们就这样对望着，没有言语。在他的网络世界里，在他的生活中有这么一双"眼睛"吗？

"那是十八年前的约定，也许你真的已经忘记了！"

"眼睛"终于打破了沉默："愚人节过去一个月了，不逗你了！"还发过来一个微笑的表情。

他的心猛地一震，我好糊涂啊！

"您有一封越洋 QQ 邮件"，QQ 信息及时提醒他。

那是妻子发来的 FLASH 文件。

打开这个文件，粉红色的背景里一首诗跳动着跃入他的眼帘：

《永远的二十岁》——写给我最爱的人

1997. 6. 9

二十岁
那是你灿烂的青春
也是我不老的永恒

无论岁月如何流逝
沧海桑田
世事变迁
你的今天
是我未来的旅程

爱你的将来
就如爱你的今天

二十岁
那是在我心中永远的年轮

今天
我们有个约定
即使天荒地老
即使我们不再年轻
我们也要带上二十岁的梦想

手牵着手
一起看月亮
一起数星星

没有听到音乐。但他知道，里面一定回响着他们曾经的歌声！

鲇鱼

NIANYU

说好分手，他还是习惯性地带她来到以前常来的这家小餐馆。

老板娘依旧笑盈盈地安顿他们在以前常坐的那个小包间坐下。

不一会，老板娘端来了热气腾腾的酸菜鲶鱼。

她眉头微微一皱："又是鲶鱼?"

老板娘露出和他一样诧异的表情："这几年，你们不是每次都点这个吗?"

"要不，换个别的吧?"他用征询的目光望望她，回头对老板娘说道。

"算了，都端上来了。"她恢复了温润恬淡的表情。还像以往一样，替他夹上了一大片鱼头。

他略一迟疑，把为她夹住鱼腹的筷子从空中又收了回来，尴尬地笑笑："对不起啊，这几年，我一直不知道你不喜欢吃鲶鱼!"

她抬头笑了笑，淡淡地道："也不是不喜欢，可能每次吃这个，有些腻了吧!"

他也埋下了头，静静地品尝着鱼的滋味。

奇怪，以前很好吃的鱼，今天居然真的有股莫名其妙的味道！

深爱的时候，你喜欢的，就是我最爱的。

离散

LISAN

那年战乱，一对年轻的情侣在意外中失散。

女孩随着逃难的队伍拼命向前，不停地寻找男友。而男孩则朝着相反的方向，拨开人群不断地呼唤女孩的名字。

他们相距越来越远。

若干年后，他们意外重逢，却已两鬓霜白。

女孩不解地问男孩：“我用尽了所有的力气，却为什么一直追不上你?”

男孩叹了口气：“傻瓜，你那么柔弱，我怎么可能舍下你独自逃命？我一直在人群的后面找你!”

人生的许多错过，不是因为方向，也不是因为时空。而是，我爱你，你却不知道我是怎样地爱你!

图书在版编目（CIP）数据

平湖暗流／王鸣隆著．—北京：中国法制出版社，2021.6

ISBN 978－7－5216－1894－5

Ⅰ.①平… Ⅱ.①王… Ⅲ.①中篇小说－中国－当代 Ⅳ.①I247.5

中国版本图书馆 CIP 数据核字（2021）第 095266 号

责任编辑　赵　燕　　　　封面设计　杨泽江

平湖暗流

PINGHU ANLIU

著者/王鸣隆

经销/新华书店

印刷/三河市紫恒印装有限公司

开本/880 毫米×1230 毫米　32 开　　　　印张/7.25　字数/96 千

版次/2021 年 6 月第 1 版　　　　2021 年 6 月第 1 次印刷

中国法制出版社出版

书号 ISBN 978－7－5216－1894－5　　　　定价：53.00 元

北京西单横二条 2 号

邮政编码 100031　　　　传真：010－66031119

网址：http：//www.zgfzs.com　　　　**编辑部电话：010－66071862**

市场营销部电话：010－66033393　　　　**邮购部电话：010－66033288**

（如有印装质量问题，请与本社印务部联系调换。电话：010－66032926）